insel taschenbuch 4168
Patricia Marx
Zurück auf Glück

PATRICIA MARX

ZURÜCK AUF GLÜCK

Roman

Aus dem Amerikanischen von
Regina Rawlinson

Insel Verlag

Die Originalausgabe erschien 2011 unter dem Titel *Starting from Happy*
bei Scribner, a Division of Simon & Schuster Inc., New York
Umschlagfoto: Photodisc / Getty Images

Mit Illustrationen der Autorin

Die Arbeit der Übersetzerin wurde vom Deutschen Übersetzerfonds e.V. gefördert.

Erste Auflage 2012
insel taschenbuch 4168
Deutsche Erstausgabe

Vertrieb durch den Suhrkamp Taschenbuch Verlag
Umschlag: Cornelia Niere, München
Druck: CPI – Ebner & Spiegel, Ulm
Printed in Germany
ISBN 978-3-458-35868-8

ZURÜCK AUF GLÜCK

Für Paul Roossin

HOPPLA!

[Warnung: Wenn Ihnen auf diesen Seiten eine imaginäre Zahl oder ein Akzent begegnen sollte, denken Sie sich nichts weiter dabei.]

[*Zurück auf Glück* besteht nicht aus Kapiteln, sondern aus Kapitelchen. Falls Sie ein Buch mit Kapiteln wollten – adiós, muchachos.]

[Ob gut oder schlecht – es wird etwas passieren.]

WHO'S WHO

(in der Reihenfolge des Auftretens oder aber auch nicht)

IMOGENE GILFEATHER: Dessous-Designerin. Hat es gern tipptopp. Kann sich am meisten aufregen über: alles. Nicht ihre natürliche Haarfarbe.

WALLY YEZ: Wissenschaftler mit einem Forschungsgebiet, von dem Patty nichts versteht. Weiß viel über viel. Hasst Pseudokacke. Mag echte Kacke. Wünscht sich, »auf den Kopf gestellt« würde man zusammenschreiben.

PATTY: Autorin. Hat sich um Allwissenheit bemüht, aber immer wieder etwas vergessen.

RON DE JEAN: Schlafforscher. Verheiratet, falls man das so nennen kann. Patty hat sich alle Mühe gegeben, sich für ihn zu erwärmen. Müht sich immer noch.

GWEN DWORKIN: Hat sich mit Wally ein Haus, eine Schildkröte und ein Kaubonbon geteilt. Ist als Kind bei Freunden eingebrochen und hat in deren Badezimmern die Handtücher anders gefaltet. Besitzt den höchsten IQ in diesem Buch – neben Patty, versteht sich.

HARRIET: Imogenes Assistentin. Stammt ursprünglich aus New Orleans, redet aber ganz normal, weil es viel zu zeitaufwändig ist, Dialekte zu schreiben und zu lesen.

MEG UND RICHARD SEPKOWITZ: Steuerberater, bekannt für ihre flotten, steuerlich absetzbaren Dinnerpartys. Ansonsten eher unauffällig. Haben beide eine Abneigung gegen die Zahl 9.

DEREK: Wallys bester Freund. Isst nicht gern Getoastetes. Hat der Autorin erst auf dem Sterbebett verziehen, dass sie ihm keinen Nachnamen gegeben hat.

ERNA GILFEATHER: Imogenes Mutter. Hat keine Falten, da sie dem Lächeln schon in jungen Jahren abgeschworen hat. Schwankt fortwährend zwischen zwei Gefühlslagen – auf der einen Seite Freude, weil sie einen Pullover mitgenommen hat, auf der anderen Ärger, weil sie keinen Pullover mitgenommen hat.

BEENISH ASIF: Scheint ein Auge auf Wally geworfen zu haben. Die Ansage auf ihrem Anrufbeantworter: »Hier Beenish. Wenn du zahlst, esse ich alles.«

DONALD CHARM: Dessous-Einkäufer für Saks Fifth Avenue. Trägt überwiegend Schottenmuster und lebt mit einer Mutterpuppe zusammen. Wortkarg in zwölf Sprachen.

STUFFY: Gefährdet. Update: tot.

ELSIE EVANGELISTA: Wallys Friseurin. Ihr Wort gegen unseres. An Elsie adressierte Päckchen kommen immer als nicht zustellbar wieder zurück.

FLUMMI: Hielt sich bis zum vierten Lebensjahr für sechs. Hielt sich mit sechs für fünf. Hielt sich mit fünf für einen U-Bahn-Wagen der Linie Lexington Avenue.

LINLIN: Ihr einziger Makel? Die Perfektion.

UXUE: Flummis Freundin. Ihr Name wird auf den folgenden Seiten ständig falsch geschrieben, möglicherweise schon auf dieser.

IGOR FLATEV: Hat LinLin das Herz gebrochen. Sein Name ist ein Anagramm für »Faltige vor«.

LEONARD: Eine Nebenfigur. Hat sich in dieses Buch hineingeschlafen. Mit Gwen.

MRS. DEEDEE DOE: Geschädigte. Nichts Böses geahnt Habende.

MISSY WINKELMAN: Nachbarin. Na, ich könnte Ihnen Sachen erzählen …

PAUL S. ROOSSIN: Wer das ist? Weiß Gott …

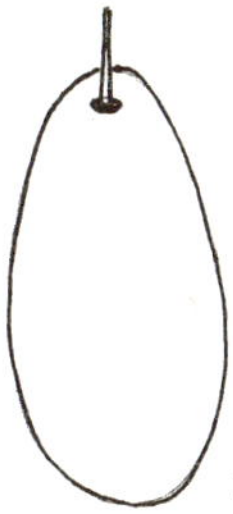 : Eine Kumquat.

JETZT GEHT'S LOS

1.

Zurück auf Glück? Dabei konnte am Anfang von Glück gar keine Rede sein – weder bei ihm, noch bei ihr. Imogene Gilfeather kam eines Abends mit brutal verschnittenen Haaren vom Friseur. Aus diesem Grund oder vielleicht auch aus einem anderen zeigte sie kaum Interesse, als ihr Sitznachbar im Broadway-Bus zu ihr sagte, er wisse den perfekten Mann für sie.
»Der perfekte Mann?«, sagte Imogene Gilfeather. »Ist nicht mein Typ.«

2.

Der perfekte Mann war Wally Yez. Im selben Moment, da Imogene Gilfeather ihn unbesehen verschmähte, kam Wally Yez' geliebtes Haustier, ein schwarzes Eichhörnchen, durch einen Stromschlag ums Leben. Offenbar hatte sich der Nager auf die Amateurfunkantenne gewagt, die Wally – ohne Zweifel amateurhaft – bei sich auf dem Dach angebracht hatte.
Ungeachtet dieses schmerzlichen Verlustes, reagierte Wally Yez fasziniert, als ihn der Verkäufer aus der Eisenwarenhandlung, der Freund eines Freundes eines Bekannten, am nächsten Tag fragte, ob er nicht vielleicht eine gewisse Imogene Gilfeather kennenlernen wolle. Was Wally am meisten faszinierte? Nicht, dass Imogene eine Zweieinhalbzimmerwohnung mit umlaufender Terrasse ihr Eigen nannte oder Eclairs backen konnte oder ungebunden war. Am faszinierendsten fand er die Tatsache, dass sie eine eigene Dessous-Kollektion herausbrachte: Featherware.
»So ein Mist«, sagte Wally. Hätte er sich von Gwen bloß nicht zu einer Partnermitgliedschaft für das Amerikanische Naturgeschichtliche Museum überreden lassen. Wally war nämlich eine treue Seele. Doch dann fiel ihm ein, dass es nur eine Schnupper-

mitgliedschaft war, die bereits nach drei Monaten wieder erlosch.

3.

In *Zurück auf Glück* wird es keine Abbildungen von Unterwäsche geben, nicht einmal von Liebestötern.* Patty** ist viel zu sittsam, um sich auf ein derart schlüpfriges Parkett zu begeben. Auch hat sie nicht die Absicht, den Erwartungen von Spannern oder Kauflustigen Vorschub zu leisten. Zudem wüsste sie nicht einmal ansatzweise, wie man einen BH überhaupt zeichnet. Statt Featherware also: ein Kaktus, und noch dazu ein äußerst schickliches Exemplar.

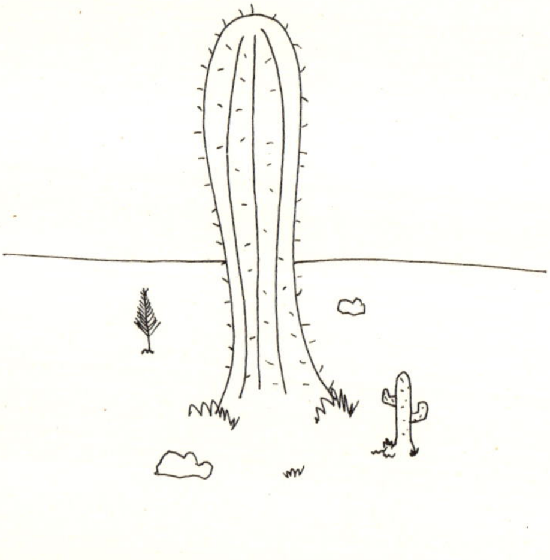

4.

Wally und Gwen verlängerten die Partnermitgliedschaft beim Naturgeschichtlichen Museum. Hin und wieder kam Wally eine Frage in den Sinn: Würden Gwen und er es je zu einer Familienmitgliedschaft bringen?

* Eine dreiste Lüge. Siehe Seiten 37, 100 und 154.

** Patty

Wally lud Gwen in ein todschickes Restaurant am Fluss ein, um das siebenmonatige Jubiläum ihres ersten gemeinsamen Essens zu feiern. Während die Band eine melancholische Version von »Can't Buy Me Love« spielte, schenkte er Gwen ein Medaillon. Im Kerzenschein las sie die Gravur auf dem vergoldeten Herzen vor: »Fünfundzwanzig glückliche Jahre. Norman und Arlene.«

»Huch«, sagte Wally. Er versprach, die richtige Halskette gleich morgen früh abzuholen, und dann rangen Wally und Gwen sich ein laues Lachen ab.

Außerdem schenkte Wally Gwen eine lebenslange Mitgliedschaft für das New Yorker Polizeimuseum. »Eine Frau von der Witwen- und Waisenkasse hat angerufen, und ich wollte sie nicht kränken«, sagte er.
Gwen schenkte Wally eine Personenwaage fürs Badezimmer.

5.

Am nächsten Tag stellte Wally sich auf die Waage, weil im Badezimmer sonst kein Platz mehr war. Es ging ihm nicht besonders, möglicherweise wegen der Sauce Hollandaise aus dem todschicken Restaurant. Hollandaise hin oder her, Gwen bestand darauf, dass Wally am Nachmittag zum Abschiedsmuschelessen für den alten Mann antanzte, der in Gwens und Wallys Labor die Pipetten reinigte.
Beim Abschiedsmuschelessen lernte Wally in der Apfelkuchenschlange eine der größten Größen der Schlafstörungsforschung kennen, Dr. Ron de Jean (vorn ausgesprochen wie der Kurosawa-Film, hinten wie der Senf), samt dessen Begleitung. »Ich weiß, wer Sie sind«, sagte Ron de Jeans Begleitung zu Wally, als er sich vorstellte. »Sie sind der Mann, den ich heiraten soll.« Es war Imogene Gilfeather.
»Und Sie«, sagte Wally, »sind die Frau, die ...« Er wollte etwas über Unterwäsche sagen, fuhr aber lieber fort: »... Sie sind die Frau, die Soufflés backen kann.« Sie machte auf ihn nicht den Eindruck, als ob sie mit Klöppelspitze oder Eischnee sehr viel anzufangen wusste. Groß und dünn, mit vorspringenden Wangenknochen und feuerroten Haaren, sah sie aus wie ein Streichholz, das sich partout nicht anreißen lassen wollte. Wally hätte ihr als kulinarisches Meisterwerk höchstens eine Orangen-Ingwer-Vinaigrette zugetraut. Oder vielleicht auch noch ein Brunnenkressesandwich ohne abgeschnittene Kruste.
»Soufflés?«, sagte Imogene. »Dafür bin ich nicht locker genug.« Wollte sie mit dieser Bemerkung betören? Patty weiß es nicht.

Nichtsdestoweniger war Wally betört. Er ließ Imogene nicht aus den Augen, als sie den Kopf senkte und sich das Haar zum Pferdeschwanz hochband.

6.

Aber Wally war, wie Sie sich eventuell erinnern, eine treue Seele. Gwen und er verabschiedeten sich von ihren Gastgebern. In dieser Nacht wehten die vier Winde heftig durch ihr Schlafzimmer.

7.

Imogene Gilfeather und Ron de Jean verließen das Abschiedsessen noch vor Kaffee und Pralinen. Ron konnte es kaum erwarten, in sein Labor zu kommen, um nachzusehen, ob während seiner Abwesenheit von den Probanden jemand aufgewacht war. Imogene wollte ebenfalls nichts wie weg. Während sie mit dem Typen geplaudert hatte, dem das Hemd aus der Hose hing (Wally), war ihr plötzlich eine Eingebung für ein neues Bustier gekommen. Sie musste nach Hause und es zeichnen, bevor sie vergaß, wo die Druckknöpfe hingehörten.
Das Taxi hielt vor Imogenes Haus. »Ein paar Minütchen müssten noch drin sein«, sagte Ron de Jean. Und wenig später: »Kann leider nicht länger bleiben. Hilfst du mir mal mit dem Gürtel?«
»Wieso glauben die Männer immer, dass die Frauen sie über Nacht dabehalten wollen?«, fragte Imogene, aber Ron hörte es schon nicht mehr.

Wie man den 36-Stunden-Featherware-Puzzle-BH ablegt

1. Schritt

Fragen Sie sich:

„Will ich ihn wirklich ablegen?"

„Hatte ich ihn mindestens 36 Stunden an?"

„Wer bin ich?"

2. Schritt

Suchen Sie einen Spiegel in einem dunklen Zimmer

Zimmer

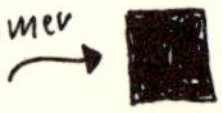

3. Schritt

Entfernen Sie alle scharfen Gegenstände, einschließlich Hutnadeln, Broschen, Rasierklingen und …

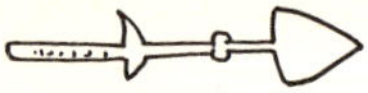

Spontons

4. Schritt

Nehmen Sie den Telefonhörer ab.

5. Schritt

Legen Sie ein kleines Plastikröhrchen zurecht, für den Fall, dass es zu Atemproblemen kommt.

6. Schritt

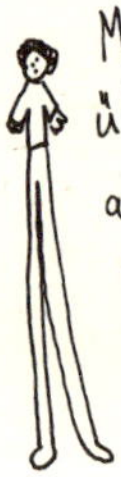

Machen Sie 20 Minuten Dehnübungen. (Jüngste Forschungsarbeiten belegen, dass sich hierdurch die Verletzungswahrscheinlichkeit erhöht.)

7. Schritt

Gehen Sie in die „Durstige Kamel"-Stellung

8. Schritt

Nein! Das ist die „Springende Lama"-Stellung.

9. SCHRITT

Falls sich Träger 3b (siehe Abbildung 6d) nicht über den Kopf ziehen lässt, linken Arm abnehmen.

8.

Bis Ron de Jean im Aufzug war, hatte Imogene den Rohentwurf für das Bustier mit den Druckknöpfen bereits aufs Papier und anschließend in den Müll geworfen, weil es ihr zu sehr nach einem Kleinkinderwams aussah oder nach einem Erdnusskostüm. Bis Ron de Jean in der Eingangshalle war, hatte Imogene den Teekessel auf dem Herd und Billy Holliday auf dem Plattenteller und sich die Wimpern und ihr Pärchengesicht abgeschminkt.

Imogene scrollte durch ihre E-Mails. Es waren siebenundneunzig Stück – die meisten von Freunden und Bekannten, einige von Kunstseide- und Elastan-Händlern, drei identische Nachrichten von einer Person namens Mirilla Borth, die ihr eine Tätigkeit beim diplomatischen Korps von Turkmenistan antragen wollte, und eine von Saks Fifth Avenue, die in ihr die Hoffnung weckte, dass die Kaufhauskette eines Tages Featherware ins Sortiment nehmen würde.

9.

Imogene ließ den Blick durch das Wohnzimmer mit der Essecke schweifen – über ihren Art-nouveau-Kamin mit dem Art-déco-Kaminbesteck, über ihre seegrüne Serapi-Brücke mit dem un-

gewöhnlichen Spinnenmuster, über ihre Sammlung von Miniaturfrüchten aus Stein – darunter auch das seltene Exemplar einer halben Kumquat –, über ihren Esstisch aus dem neunzehnten Jahrhundert, künstlerisch mit künstlicher Gebrauchspatina versehen, über ihre Bücher (alphabetisch geordnet), über ihre Schnupftabakfläschchensammlung (schnuffig geordnet), über ihr einschmeichelndes Leuchtensystem (installiert von einer Lichttechnikkoryphäe), über ihr Aboriginegemälde, ein Schnäppchen von einer Ozeanienreise (in der ausgeklügelten Hängung, die ein befreundeter Rahmenbauer vorgenommen hatte), und natürlich über ihre umlaufende Terrasse (die der komplett abbezahlten Zweieinhalbzimmereigentumswohnung eine erhebliche Wertsteigerung bescherte). Sie dachte an ihre Arbeitsplatte aus indischem Jaspis in der Küche, an den Wäscheschrank mit den französischen Stoffen in der Diele, an den beachtlichen Wasserdruck in den Rohrleitungen im Bad und an ihren schönen großen Fernseher im Schlafzimmer.
Sie staunte, dass sie trotz eines beneidenswert gut gefüllten Verabredungskalenders heute Abend nichts vorhatte und tun und lassen konnte, wonach ihr der Sinn stand.
Sie war dankbar, dass niemand da war, der ihr dabei zusah, wie sie in ihrer wahnsinnig bequemen Jogginghose gedünsteten Brokkoli aus einem großen Plastiktopf in sich hineinschaufelte.

10.

Imogene überlegte, wie grandios es doch war, dass sie noch nie jemanden überfahren hatte.

11.

Sie dachte: »Mannomann, bin ich glücklich!«

12.

Eines schönen Tages musste Imogene entsetzt mit ansehen, wie ihr Laptop in eine öffentliche Toilette plumpste, nachdem der Tragetaschenschultergurt plötzlich und unerwartet das Zeitliche gesegnet hatte. Danach ließ sich der Computer nicht mehr hochfahren. Sein Geacker und Geracker drang wie fernes Außenbordmotorgeknatter an Imogenes Ohr. Oder wie der Geist vergangener Klempnerarbeiten. Doch sie wiegte sich in dem Glauben, dass ein Fachmann jede Reparatur meistern kann.
Sie rief die technische Hotline an, zwei Dollar fünfzig die halbe Minute, inklusive der Zeit, die der Fachmann benötigt, um Seriennummer und Garantiefrist zu überprüfen. Dreizehn Dollar später: »Dürfte ich Sie etwas Persönliches fragen?«, sagte die Fachfrau am anderen Ende der Technikhotline. Imogene machte sich darauf gefasst, den Mädchennamen ihrer Mutter durchzugeben.
»Stehen Sie unter Medikamenteneinfluss?«, sagte die Fachfrau.

Pillen, die Imogene nicht nimmt
(aufsteigend nach Schwere der Schluckbarkeit angeordnet)

13.

An solchen Tagen hätte Imogene gern Kinder gehabt. Eines von ihnen wäre inzwischen bestimmt schon elf und damit alt genug, ihren Computer zu reparieren. Vielleicht hätte Ron de Jean helfen können, doch der war in Wilkes-Barre, Pennsylvania, auf einem Bettnässerkongress.
An solchen Tagen hätte Imogene gern jemanden gehabt, der ihr sagte, was sie tun sollte, oder noch besser: der es gleich selber tat.

An solchen Tagen hätte Imogene einen Schnaps trinken, eine Pille einwerfen, einer Sekte beitreten, alles auf eine Karte setzen, jemanden schmieren (wenn es etwas brächte), ihre Familie übers Ohr hauen, religiös werden, einen Pakt mit dem Teufel schließen, ans andere Ende der Welt umziehen, im Bett liegenbleiben, Tränenströme vergießen, ganz klein mit Hut werden, einen Tobsuchtsanfall kriegen, einen Hirnschlag erleiden und schreien, schreien, schreien, schreien können.

14.
Aber sie war nicht der Typ dafür.

15.
Auf der Visitenkarte von Wally Yez, die Imogene kurz zuvor in einer weiß Gott wie lange nicht mehr benutzten Handtasche gefunden hatte, stand: »Eine Antwort auf alles«. Wally Yez? Sagte ihr nichts. Trotzdem, ein Versuch konnte nicht schaden. Probieren ging über studieren.
Hoffentlich war Wally Yez nicht der Chiropraktiker, der auf Sepkowitzens Party neben ihr gesessen hatte – der Typ, der glaubte, dass sich die Geheimnisse des Universums in der Ausrichtung der Wirbelsäule und in Maiscreme offenbaren.

16.
Als das Telefon klingelte, war Wally gerade dabei, die letzten Blätter Origamipapier zu fälteln, die ihm noch fehlten, um den knochigen Schwanz und den Schädelpanzer eines Ankylosauriers zu vollenden. »Ich weiß, wer Sie sind«, sagte Wally, als Imogene anrief. »Sie sind die Frau, die mir in der Apfelkuchenschlange praktisch einen Heiratsantrag gemacht hat.«

2. Schritt

Diesen Teil der Seite abschneiden.

Imogene geriet ins Grübeln:
War der Kerl noch bei Trost? Los doch, befahl sie sich. In der Not frisst der Teufel Fliegen, wie jeder weiß, der schon mal auf einen Gefallen angewiesen war.

1. Schritt

Entlang der punktierten Linie schneiden, bis das Blatt den Quadratrichtlinien des Interessenverbandes Origami (IvO) entspricht.

3. Schritt

Das Papier so falten, dass „Trost" über „Los" zu liegen kommt.

17.

»Kann ich ganz direkt sein?«, fragte Wally Yez. Es bedurfte keiner weiteren Worte, um Imogene Gilfeather erkennen zu lassen, dass die Prognose zumindest hinsichtlich ihres Computers, möglicherweise aber auch alles Weitere betreffend, keine günstige war.

»Ich würde gern den Teil des Gesprächs überspringen, wo Sie mir mit strenger Stimme sagen, dass ich von meinen Dateien Sicherheitskopien hätte machen müssen«, sagte Imogene. »Und wir können noch mehr Zeit sparen, wenn wir uns nicht lange bei dem Lehrgeld aufhalten, das ich zahlen musste.«

»Schon verstanden«, sagte Wally und stürzte sich sofort in den Teil des Gesprächs, wo er fragte: »Sind Sie noch mit Don le Juan zusammen?«

»Ron de Jean?«, fragte Imogene zurück. »Eigentlich nicht. Er ist mehr oder weniger anderweitig gebunden.« Mit *anderweitig* meinte Imogene seine Frau. Mit *mehr oder weniger* meinte sie mehr oder weniger.

Wally fragte Imogene, ob sie Lust hätte, am Wochenende mit ihm aufs Land zu fahren, zu einem Folkfestival.

»Wochenende?! Folkfestival?! Auf dem Land?!«, dachte Imogene. Jede dieser Fragen hätte ausgereicht, um ihm einen Korb zu geben.

»Da würde ich lieber in der Stadt essen gehen«, sagte sie.

»Essen in der Stadt ist gebongt«, sagte Wally. »Suchen Sie sich einen Abend aus.«

»Wenn ich es mir recht überlege«, sagte Imogene, »glaube ich nicht, dass ich es einrichten kann. Zurzeit habe ich mit meiner neuen Kollektion alle Hände voll zu tun, und meine Freundin aus Brüssel kommt nach New York, und in den nächsten Tagen werden meine Teppichböden gereinigt, wobei mir einfällt, dass ich unbedingt meinen Führerschein verlängern lassen muss, und – nicht, dass ich's vergesse – dann muss ich auch noch ei-

nen Termin mit der Polsterei vereinbaren, weil ich den Ohrensessel meiner Großmutter neu beziehen lassen will.«
Was Imogene nicht sagte, war, dass sie ein hinreichend abwechslungsreiches und erfülltes Leben führte, in dem in absehbarer Zukunft für eine Liebesgeschichte kein Platz war.

18.
»Dann eben an einem anderen Abend«, sagte Wally.

19.
Wollen wir mal über Wally und Gwen reden. Wie lange waren sie schon zusammen? Lange genug, um mit dem einen Auto 136 023 Meilen und mit dem anderen 47 987 Meilen zurückgelegt zu haben. Lange genug, um sich einen Langhaardackelwelpen zuzulegen und aufwachsen zu sehen, bis er selbst einen Wurf Langhaardackelwelpen zur Welt brachte. Lange genug, um sich am Stadtrand zusammen ein Haus zu kaufen. Lange genug, um sich darüber einig zu sein, dass es unsinnig war, den Valentinstag zu feiern, wenn man das Geld für die Geschenke genauso gut für die geplante Küchenrenovierung beiseitelegen konnte. Lange genug, um zwei Handwerksfirmen zu feuern. Lange genug, dass die dritte Firma Gwen so gründlich missverstanden hatte, dass Wallys Lieblingsbaum ausgerechnet am Arbor Day (Tag des Baumes!) der Axt zum Opfer fiel. Lange genug, dass Gwen die besten Geschichten, die Wally auf Lager hatte, in- und auswendig kannte und nicht zögerte, ihm ins Wort zu fallen, wenn sie meinte, sie unterhaltsamer erzählen zu können als er. Lange genug, um sogar Wally staunen zu machen, dass er sich Gwens Anekdote von dem 1955er Penny und dem Milkshake noch immer gern anhörte. Lange genug, um gegen die Familie des jeweils anderen zu sticheln. Lange genug, dass

Wally keine kurzärmeligen Hemden mehr trug, weil Gwen der Überzeugung war, nur Metzger trügen kurze Ärmel. Lange genug, dass Gwen im Bett ihre Aufbissschiene trug. Lange genug, um Gwen zu der Ansicht kommen zu lassen, dass ein extrabreites Doppelbett gar keine so schlechte Idee war. Lange genug, dass Wally ihr darin beipflichten konnte. Lange genug, um Partnermitgliedschaften in den Museen dreier Bundesstaaten, dem District of Columbia und den Niederlanden zu erwerben, aber nicht lange genug, um sich jemals eine Ausstellung anzusehen. Lange genug, dass sie für ihre Sachen einen Container brauchten, nachdem sie das Haus am Stadtrand verkauft hatten. Lange genug, dass ihr Dackel eine neue Hüfte bekam und starb.
So lange, dass Patty heilfroh ist, nicht Wally und Gwen zu sein.

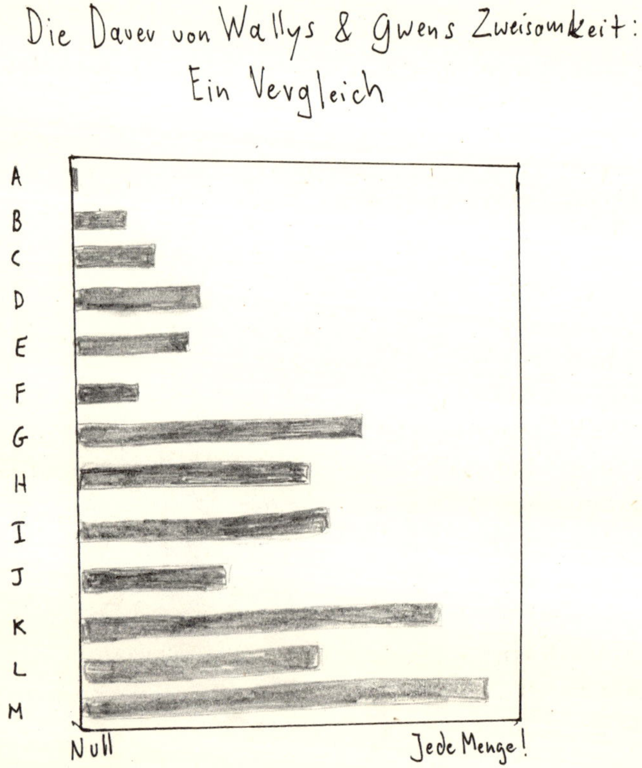

A = Wally und Gwen.
B = Längste Zeit in Äonen, die ein Sünder in der Vorhölle ausharren musste, bevor er in den Himmel kam.
C = Kürzeste Zeit in Epochen, die ein Kunde von AT&T in der Telefonwarteschleife schmoren musste.
D = Anzahl der Vorfälle im vergangenen Jahr, bei denen ein Mensch mit einem Pinguin verwechselt wurde.
E = Stunden, die man benötigt, um einen ausgewachsenen Pinguin in der Pfanne zu braten.
F = Zeit in Jahren, die es dauert, bis rohes Fleisch im Gefrierschrank Blüten treibt.
G = Austin Gillespies Fehltage im ersten Schuljahr, bei denen er als Entschuldigung anführte, er habe von der Erderwärmung Bauchschmerzen bekommen.
H = Dollar, in Billionen, an Belohnungsgeldern, die in angeblich aus Nigeria stammenden E-Mails versprochen werden.
I = Anzahl pro Jahr des in der Todeszelle geäußerten Wunsches nach Steak mit Pommes frites und einem Mafia-Schinken als Beilage.
J = Prozentsatz der Norweger, die verirrten Ausländern absichtlich den Weg falsch beschreiben.
K = Prozentsatz der Filmfiguren, die im ersten Akt husten und im dritten Akt sterben.
L = Anzahl der Falschverwendungen der Wörter *wahrlich* und *zeugen* in der Bibel.
M = Zeit, in Wochen, die Patty brauchte, um dieses Diagramm zu zeichnen.

20.

Als Wally Imogene auf das Folkfestival einlud, waren Hurricane Gwen und Taifun Wally im Aufenthaltsraum, gen. Souterrain, aufs Stürmischste aneinandergeraten.

21.

»Hab ich das richtig verstanden?«, fragte Elsie Evangelista. »Sie will nicht mit dir auf das Folkfestival, und ein paar Tage später lädst du sie in eine Zaubershow ein?«

»Die Lendenkreuzbeinregion. Ja, da! Da kneten!«, sagte Wally.
»Die hält dich bestimmt für zwölf«, sagte Elsie.
»Glaub mir. Keine Frau kann Wally Yez widerstehen.«
»Hm«, sagte Elsie.
»Hab ich nicht immer eine Freundin gehabt?«, sagte Wally. »Seit meinem vierzehnten Lebensjahr hab ich immer eine Freundin gehabt, wenn man Candy Kling mitzählt, der ich im Umkleideraum an die Brust fassen durfte, mit den Hornig-Schwestern als Zeugen.« Wally ließ den Kopf in Elsies Hände sinken.
»Ich dachte, du wolltest dir eine Auszeit nehmen vom schönen Geschlecht«, sagte Elsie. »War das nicht der Plan, nach der Trennung von Gwen?«
»Ich nehme mir doch eine Auszeit«, sagte Wally. »Du hörst es ja: Imogene hat nein gesagt.«
»Den Kopf ein bisschen weiter zurück«, sagte Elsie.
»Aber früher oder später wird sie ja sagen«, sagte Wally. »Wahrscheinlich am Donnerstag, wenn ich auf meine Erfahrungen etwas geben darf.«
»Noch ein bisschen«, sagte Elsie.
»Wusstest du eigentlich, dass ich es mit keiner anderen Frau so lange ausgehalten habe wie mit dir?«, fragte Wally.
(Elsie Evangelista ist Wally Yez' Friseurin. Die beiden kennen sich schon ewig.)

22.
Als Wally anrief, um Imogene zu der Origami-Konferenz nach Bridgeport einzuladen, arbeitete sie gerade am Entwurf eines Stretchstoffs für einen Bodyprototyp ihrer altägyptisch inspirierten Frühjahrskollektion.
»Wieso gehen wir nicht ins Kino?«, schlug Imogene vor, während sie einen heiligen Ibis auf die Speisekarte eines China-Schnellimbisses kritzelte.

»Zu lahm«, sagte Wally, während er Imogene Gilfeathers Telefonnummer in sein Adressbuch tippte.
»Wenn Sie es nicht gern lahm mögen« – Imogene radierte den Ibisschnabel wieder aus –, »werden Sie an mir auch keine Freude haben.«

23.

Sie einigten sich darauf, erst in ein Museum und anschließend essen zu gehen, aber frühestens in drei Wochen, weil Imogene sich vorher nicht freimachen konnte.
(Das behauptete sie zumindest. Aber Patty, die Imogenes Terminkalender gesehen hat, hätte gern gewusst, seit wann ein Eintrag wie »den Hausmeister bitten, die Glühbirne zu wechseln«, als Beweis für Unabkömmlichkeit durchgeht.)
»Waren Sie schon mal in Larry's French Restaurant?«, fragte Wally. »Da gibt es Schnecken. Ich kenne Larry persönlich. Wir kriegen einen guten Tisch und ordentliche Bauchfüßler.«
»Von mir aus«, sagte Imogene und »auf Wiederhören«. Wally quetschte »Date Nr. 1« in eine schmale Spalte seines Taschenkalenders.
Imogene vertiefte sich wieder in Ägypten. Ehrlich gesagt, mochte sie Schnecken.

24.

Gwen, die aus dem Labor ausgezogen war, in dem sie mit Wally zusammengearbeitet hatte, seit sie sich kannten, würde demnächst ein paar Türen weiter im Labor für Insektenverhalten anfangen. »Aber nicht deinetwegen«, sagte sie, als sie sich im Park trafen, um über das Schicksal ihrer Gartenmöbel zu entscheiden.
»Eine unbegrenzte Anzahl von Versuchstieren ganz für mich al-

lein, die ich nach Lust und Laune verstümmeln kann«, sagte sie. »So eine Gelegenheit kann man sich doch nicht entgehen lassen.«

Wally wusste genau, was sie meinte. Gwen und er führten schließlich schon seit der Promotion physiologische Experimente an Tieren durch. So hatten sie beispielsweise Katzen gezwungen, sich so lange die *Pilgerreise* in einer szenischen Lesung von Ernest Borgnine anzuhören, bis sie nicht mehr lebensfähig waren. Katzenfreunde lehnten diese Forschung ab, und Katzenfreunde haben sehr viel Macht, wenn es darum geht, die Lieferungen von Katzennachschub zu verhindern (ganz zu schweigen von ihrem Einfluss darauf, welche Bücher in den meisten Buchhandlungen an der Kasse ausliegen).

»Du kannst die Möbel haben«, sagte Wally.

»Nimm du sie doch«, sagte Gwen. »Ich habe ja kein Haus.«

»Ich auch nicht«, sagte Wally. Das Haus, das sie beide nicht hatten, war dasselbe. Sie hatten es jüngst an einen Mann verkauft, der eine Familie gründen wollte, sobald er eine Frau gefunden hatte, die er dafür erwärmen konnte.

»Ich muss dir etwas sagen«, sagte Gwen.

»Ist es besser, wenn wir uns hinsetzen?« Wally ließ sich vorsichtshalber schon mal auf einer Bank nieder.

»Ich bin schwanger.« Gwen blieb stehen.

»Ist das möglich?«, sagte Wally. »Natürlich, eine tolle Nachricht und so. Aber du weißt schon, was ich meine.« Er stand auf, weil es sich so für ihn geziemte. Wenn er schon Vater werden sollte, dann in seiner vollen Größe.

Gwen setzte sich hin.

»Es ist nicht nur möglich«, sagte sie. »Es ist sogar doppelt möglich.« Sie bemerkte Wallys Verwirrtheit – oder lag da noch etwas anderes in seinem Blick? »Ich hatte was mit Leonard laufen.«

»Leonard aus dem Labor?«, fragte Wally.

25.

Wally wunderte sich, dass er es so viele Jahre mit dieser Frau ausgehalten hatte. Und dass er durchaus nicht ungern noch weitere Jahre mit ihr zusammengeblieben wäre, wenn sie ihm nicht den Laufpass gegeben hätte. Oder er ihr? Wenn er es nicht weiß, woher sollen wir es dann wissen?

26.

Gwen war erst schwanger, dann auf einmal nicht mehr. Wie es zu dem einen wie dem anderen Zustand kommen konnte, wurde nie geklärt.

27.

Imogene war erst jung, dann auf einmal alt. Sie konnte sich nicht erklären, wie es dazu hatte kommen können, wurde aber das dumpfe Gefühl nicht los, dass sie womöglich selbst schuld daran war. Hätte sie all die Jahre eine Nachtcreme benutzen sollen? Mehr Lachs essen? Ihr Leben dem Yoga verschreiben? Nein, dafür, dass sie keine Yogajüngerin geworden war, konnte sie nichts. Hatte man denn Yoga überhaupt schon erfunden, als sie noch ein junger Hüpfer gewesen war? Hätten vielleicht diese Leinsamenkapseln etwas genützt, auf die ihre Freundin Joie Finkelstein schwört? Nein, auch damit wäre sie nicht jung geblieben: Man brauchte sich Joie Finkelstein doch bloß mal aus der Nähe anzusehen. Vielleicht hätte sie öfter Radio hören sollen, Sender für die Jugend – ob dann ein bisschen Jugendlichkeit auf sie abgefärbt hätte? Imogene bereute es, dass sie nicht strenger darauf geachtet hatte, genügend Schlaf zu bekommen, und es machte ihr Sorgen, dass sie sich immer viel zu viele Sorgen gemacht hatte.

Ob sie womöglich mit Mitte zwanzig einen Brief bekommen hatte mit der Aufforderung, Zutreffendes bitte anzukreuzen,

wenn sie für immer jung bleiben wolle? Das hätte ihr mal wieder ähnlich gesehen, ein solches Schreiben aus lauter Vergesslichkeit gar nicht erst aufzumachen.
Meistens kam Imogene sich nicht alt vor. Ihre Knochen fühlten sich an wie eh und je – falls die Erinnerung sie nicht trog. Sie trug weder Dirndlkleider noch Nicki-Kasacks oder Schlabberhosen mit elastischem Bund (höchstens abends). Nein, sie trug sogar Neckholder-Tops und hatte eine Strähne im Haar. Noch konnte sie jedem halb so alten jungen Ding den Rang ablaufen – und zwar in Schuhen ohne orthopädische Einlagen, aber dafür mit schwindelerregend hohen Absätzen. Und wenn sie in den Spiegel sah, überkam sie nur ganz selten einmal das dringende Bedürfnis, die Augen zusammenzukneifen.
Wie alt Imogene war? Siebenunddreißig. Sie wusste nur allzu gut, dass sie das Tempolimit des Staates New York in Bälde überschreiten würde.

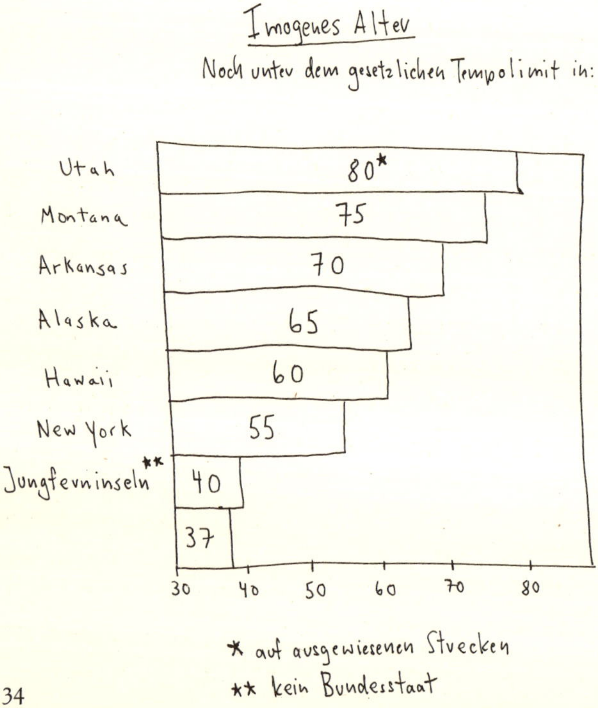

28.

Der Abend von Date Nr. 1 war auch der Abend der Gala anlässlich der Verleihung der First Annual International Silhouette Lingerie Awards, des sogenannten Nobelpreises für Dessous-Design. Imogene war in drei Kategorien für einen Preis nominiert: Beste Glamour-Nachtwäsche (für ihr Hepburn-Shorty), Beste technische Innovation (für ihren Sechswegestretchpolyester) und Bestes Bustier (für ihr Bust-*YEAH!*).
Als Imogene einfiel, dass sie die Preisverleihung völlig vergessen hatte, rief sie Wally an.
»Und hier der gute Rat des Tages«, sagte Wallys Anrufbeantworter. »Schöne Dinge soll man nicht aufschieben.«
Doch genau das war der Zweck ihres Anrufs.

29.

Als Imogene anrief, war Wally im Labor und fütterte eine Katze mit Salzlakritz. Als Wally zurückrief, maß Imogene einem F-Cup-Cover-Girl einen BH an.
»F-Cup?«, sagte Wally. »Husch, husch ins Körbchen.« Das sollte ein Witz sein, aber Imogene hatte für Männer, die gern Witze rissen, nichts übrig. Genauso wenig wie für Männer, die gern flachsten, posierten, sich spreizten, herumdrucksten, explizierten, plauschten, den Advocatus diaboli spielten, Football guckten, ihre berühmte Lasagne kochten, ihre Gefühle erforschten, jede Menge Fragen stellten und zu viel Zeit hatten.
»Sollen wir uns etwas anderes überlegen?«, fragte sie. Für Männer mit Grübchen, entzündeten Augen, verstrubbelten Haaren und niedlichem Überbiss (falls die Internetfotos nicht logen) hatte sie nämlich durchaus etwas übrig – sogar Zeit, wenn auch erst in der kommenden Woche. Außerdem tat es ihr leid, dass sie ihm so kurzfristig absagen musste. »Wie wäre es mit nächster Woche?«
»Zählt der kommende Sonntag auch schon zur nächsten Woche?«, fragte Wally.

30.

Die Verleihung der First Annual International Silhouette Lingerie Awards ging – man kann es leider nicht anders sagen – voll ins Höschen. Während des Stehempfangs wurde ein für ihren überlangen Torso bekanntes Model auf der Damentoilette beim Dealen mit Ketamin festgenommen, einem Anästhetikum aus der Veterinärmedizin, das zu sportlichen Nebenwirkungen führen kann.

Und was die Verleihung selbst anging … nun, belassen wir es bei der Meldung, dass der Preis für den besten T-Shirt-BH an ein Elastan-Teil von FlexCo vergeben wurde, das, worüber sich fast alle einig waren, eigentlich in die Shapewear-Kategorie gehört hätte. »Die reinste Farce!«, empörte sich der VIP, der neben Imogene saß, als befände er sich nicht in der McNally-Aula der Universität Fordham, sondern im Friedenspalast des Internationalen Gerichtshofs in Den Haag.

Donald Charm, Chefeinkäufer von Saks Fifth Avenue, ließ sich nicht blicken. Doch da für Imogene nicht einmal eine lobende Erwähnung abfiel, hielt sich ihre Enttäuschung darüber in sehr überschaubaren Grenzen.

31.

Das 31. ist immer ein schwieriges Kapitelchen; lassen wir Patty also hurtig zur Nummer 32 eilen.

32.

Als Imogene nach Hause kam, hörte sie als Erstes den Anrufbeantworter ab und schlenkerte sich die roten Riemchensandalen von den Füßen, die – und darin musste sie ihrer Mutter zähneknirschend Recht geben – dem Anlass wesentlich angemessener gewesen waren, als es die braunen Lackleder-Peeptoes gewesen wären. Imogene schaltete den Fernseher ein und rief ihre Assistentin Harriet an, um mit ihr eine Idee für eine Kollektion himmlischer Hemdchen zu besprechen. Weshalb sie die Nachrichtenmeldung nicht mitbekam, dass es gelungen sei, das Special K, mit dem das Model bei der Verleihung der First Annual International Silhouette Awards auf der Damentoilette gedealt hatte, in ein bestimmtes Labor zur Erforschung von Vestibulospinalreflexen zurückzuverfolgen – nämlich in das Labor, in dem Wally Yez forschte. Er selbst wurde in den Nachrichten nicht erwähnt.

»Glaubst du, die Welt ist schon reif für diese Art von Hemdchen?«, fragte Harriet.

Imogenes transparentes Turiner Leichentuchhemdchen*

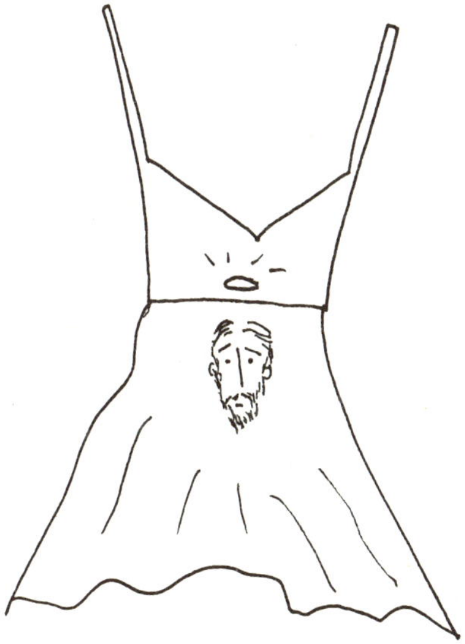

* Trotz ihrer Entschlossenheit, auf diesen Seiten keine Abbildungen von Unterbekleidung zu dulden, erlag Patty schließlich doch den vereinigten Überredungskünsten von Kunstliebhabern, Voyeuren, Analphabeten, Bekleidungsherstellern, Buchhändlern und einigen UNICEF-Sammlern und ließ sich dazu bewegen, ihren Standpunkt noch einmal zu überdenken.

»Hä?«, sagte Imogene, in die Zeichnung vertieft, die sie soeben angefertigt hatte. Sie war sich nicht ganz schlüssig, ob sie die Behaarung des guten Hirten üppig genug angelegt hatte.

33.
Noch aufgewühlt von den Ereignissen der Preisverleihung, musste Imogene sich in dieser Nacht zum Schlafen zwingen. Zu diesem Behufe zählte sie all jene ihrer Bekannten, bei denen ein Misserfolg – vor allem in Herzensangelegenheiten – wirklich Wunder wirken würde.

34.
Unterdessen dröhnte Wally sich zu.

35.
Imogene hatte dreizehn Nachrichten auf dem Anrufbeantworter, doch nur die letzte sprang ihr ins Ohr. Sie kam von Ron de Jean. Es sei etwas passiert ... aber er wolle sie damit lieber nicht langweilen (sagte er); jedenfalls wäre es deshalb einfacher (für dich, dachte sie), wenn sie sich gleich im Theater treffen würden, statt vorher noch im Cherry Hill Fats einen Happen zu essen.
Bei dem Abend, den Ron de Jean meinte, handelte es sich um den Sonntagabend, für den Imogene sich eigentlich mit Wally Yez verabredet hatte. Offenbar hatte sie aus Versehen zwei Termine gleichzeitig ausgemacht. Mal wieder.
(Die Menschen reden. Aber noch lieber tuscheln sie. »Was findet die nur an dem?«, sagen sie, wenn ein Pärchen vorbeigeht. Oder: »Was findet der nur an der?« Welche Rolle sollte es für Imogene sein? Die der Gönnerin oder die der Begünstigten?)

36.

»Natürlich bin ich enttäuscht«, sagte Ron, als Imogene ihn zurückrief. Dabei war er froh, einen freien Abend für sich zu haben. »Aber deine Mutter hat doch nur zwei Augen«, sagte Ron. »Wenn sie operiert wird, war's das.«

»An beiden Augen«, schob Imogene hastig nach, für den Fall, dass Ron ihr mit einem Reserveauge-Argument kommen wollte. Es tat ihr nur bedingt leid, ihn mit dieser Ausrede abzuspeisen. Mrs. Gilfeather hatte Ron de Jean nie kennengelernt, und er hätte ihr vermutlich ohnehin nicht gepasst, wohingegen eine gute Lüge um einer guten Sache willen sicher ganz in ihrem Sinne gewesen wäre.

Imogene beharrte hartnäckig darauf, dass sie die Verabredung unbedingt bald nachholen müssten, was Ron supi fand. Es ist, wie Sie vielleicht selbst schon bemerkt haben, eine allgemeingültige Lebensregel, dass so ziemlich jeder Mensch ausgehen will: bloß nicht sofort.

»Kann ich dich später noch mal zurückrufen?«, fragte Imogene, deren Haare auf einmal nach ihrer ungeteilten Aufmerksamkeit verlangten. Auch diesen Vorschlag fand Ron supi. Ihm quelle sowieso gerade die Marmelade vom Brot, und er wolle keine klebrigen Finger bekommen, sagte er. Außerdem müsse er seine Frau vom Flughafen abholen.

37.

Eine weitere Lebensregel besagt, dass kein Mensch länger als nötig am Telefon hängen will.

38.

Imogenes Mutter Erna Gilfeather, die zu ihrem vierzigsten College-Treffen in der Stadt war, besaß zwei kerngesunde Augen, mit welchen sie ihre Tochter kritisch musterte, als sie sich zum

Afternoon Tea im Plaza trafen. »Kind«, sagte sie und schnippte Imogene einen Krümel von der Bluse, »machst du immer noch in Unterhosen?«
»Dessous«, antwortete Imogene, während sie aus der Butter auf ihrem Teller abwesend mit dem Messer eine Skulptur formte.
»Hab ich dir schon erzählt, dass Norma – meine alte Zimmergenossin aus dem Collegewohnheim – also, dass es ihre Tochter zu einem hohen Posten in der Menschenrechtsbranche gebracht hat?«, fragte Mrs. Gilfeather. Imogene nickte. »Deshalb dachte ich mir, Immolah, falls du vielleicht auf einen Beruf umsatteln möchtest, bei dem du etwas Sinnvolles für die Gesellschaft leistest …«
»Mutter«, gab Imogene gereizt zurück. »Featherware ist mein Leben.«
Mrs. Gilfeather schien in Gedanken versunken. Nach einer Weile sagte sie: »Ehrlich gesagt, hager gefällst du mir besser.«

39.

Als Imogene in der Vorschule war, erzählte sie der Erzieherin, sie könne nicht beim »Zeigen und Teilen« mitmachen, weil ihre Mutter müde sei. Kurz darauf wurde klein Imogene zum Schulpsychologen begleitet, bei dem sie mit Puzzles spielen und sich einen Stuhl aussuchen durfte. »Imsy«, sagte er, »hast du Angst, dass deine Mutter sterben wird?« So erfuhr sie, dass auch Mamis sterben können. Der Psychologe sah sie erwartungsvoll an, doch sie zuckte nur mit den Schultern. Er eskortierte sie zurück in ihr Klassenzimmer und verkündete, dass Imogene nie mehr beim »Zeigen und Teilen« mitmachen müsse. In der folgenden Woche kam sie mit der Behauptung, ihre Mutter habe eine Ballenzehentzündung, um den Mittagsschlaf herum. Im Sommer durfte sie am Wandertag zu Hause bleiben, weil ihre Mutter angeblich an einem Haarspitzenkatharr erkrankt war.
Imogene kann sagen, was sie will: Ihre Mutter ist eine rundum gesunde Frau. Imogenes Vater? Ist nicht gesund. Sondern tot.

EINSCHUB ÜBER IMOGENES HAARE

»Mein Haar ist mein Kind«, konnte man des Öfteren von Imogene hören. Was meinte sie damit? Wollen wir mal sehen: (kumulative) Ausgaben für Creme-Spülungen = die Gebühren für eine Privatschule oder eine einigermaßen annehmbare öffentliche Schule plus saftiges Büchergeld. Zusätzliche (kumulative) Ausgaben fürs Schneiden und Färben, ganz zu schweigen von Rundbürsten, Haartrocknern, Haarglättern, Haarkuren, Haarspülungen, Schaumfestiger, Styling-Gel, Glättungsspray mit Hitzeschutz, Volumenspray, Repair-Lotion, pH-Wert-Neutralisator, Glanzspray, Haarspangen, diesen Gummidingern und Sonstigem = vier Jahre an einer Eliteuni, ein Jahr Postgraduiertenstudium und vielleicht sogar noch eine Hochzeit. Nicht zu vergessen, die Zeit und die Gefühle, die Imogene über die Jahre in das Verhältnis zu ihren Haaren investiert hatte.

40.

Wir hätten es uns denken können. Imogene hatte für den Sonntagabend, an dem sie eigentlich mit Wally Yez ausgehen wollte, doch keine zwei Termine gleichzeitig ausgemacht. Nein. Es waren drei. Chronologisch gesehen, hatte die Dinnerpartyeinladung der Sepkowitzens, Imogenes Studienkollegen, die Nase vorn. »Normalerweise stelle ich mich nicht so dämlich an, ehr-

lich«, sagte Imogene so zerknirscht wie möglich und in der Hoffnung, damit in Sachen Wally aus dem Schneider zu sein.
»Ich liebe Partys. Wann geht's los?«, sagte Wally, womit er ihr postwendend in den Schneider zurückverhalf. Imogene fragte sich: Wollte sie wirklich mit jemandem auf eine Party gehen, der Partys liebte?

41.

Um die Zeit bis zu seiner auf die Minute genau angekündigten Ankunft zu überbrücken, unterhielt Wally sich noch ein wenig mit Imogenes Portier. Sie erörterten die Qualen der Renovierung von Apartment 3 G, die Freuden von Polyurethanhartschaumwärmedämmstoff, das Für und Wider von Parquettböden (wie der Portier sie nannte, und Wally ist schließlich ein höflicher Mensch!), ob eine wohlmeinende Diktatur wirklich so schlimm sein kann, wenn sie als wohlmeinend bezeichnet wird, warum der Partner eines Schuhs immer genauso aussieht wie sein Partner, dass man auf eine Gabel verzichten kann, wenn man bereits einen Löffel hat, die Reinigung von Wischmopps, HLK, kWh und, ja, auch das Leben an sich und als solches.
Um nicht übereifrig zu erscheinen, läutete Wally erst 162 Sekunden nach der ausgemachten Sekunde an Imogenes Tür. Als sie ihm aufmachte, drückte er ihr ein Päckchen in die Hand. »Eine kleine Aufmerksamkeit«, sagte er. Oben auf dem Päckchen, das in handgeschöpftes thailändisches Maulbeerpapier eingeschlagen war, thronte ein selbstgebasteltes Origamipantoffeltierchen. Obwohl Wally besonders stolz darauf war, wie gut ihm Zellmund und Zellschlund gelungen waren, erwähnte er es lieber nicht. Imogene sollte ihn ja nicht für einen Angeber halten.
Während sie das Päckchen vorsichtig auswickelte und das Pantoffeltierchen, vermutlich zur späteren Verwendung, beiseitelegte, sah Wally sich in ihrer Wohnung um, und ihm gefiel, was er sah. Auf einem Beistelltischchen stand eine aus zerknitter-

ten Chipstüten gebastelte Ananas. Sobald Wally ihrer ansichtig wurde, dachte er: Extrablatt, Extrablatt! Imogene Gilfeather ist die Richtige! Außerdem dachte er: Aber deshalb muss ich meine Verabredung für morgen Abend mit Wie-heißt-sie-noch-gleich noch lange nicht absagen.

42.

Ein Päckchen, das so gut aussieht, muss etwas wirklich Besonderes enthalten, das dachte sich zumindest Imogene, während sie das Pantoffeltierchen – jawohl, zur späteren Verwendung – beiseitelegte. Die Featherware-Verpackungen konnten, wie sie fand, ein schickes neues Design durchaus vertragen. Womöglich war eine Bakterie – oder was ein Pantoffeltierchen auch immer sein mochte – genau das Motiv, mit dem sich der Dessous-Markt von hinten aufrollen ließ. Imogene nahm den Deckel ab und stieß auf ein Gewölk aus limettenfarbenem Seidenpapier und schillernden Kristallfasern. Unter dem Flausch lag … Imogene fieberte vor Erwartung … ein Stein. Zugegeben, ein prachtvoller Stein, ein Stein mit türkis-, gold-, smaragd- und magentafarben glitzernden Adern. Und eine respektable Größe hatte er auch – es war kein mickriger Splitter. Hinzu kam Wallys Bemerkung bei der Überreichung des Geschenks. Sie erinnern sich? »Eine *kleine* Aufmerksamkeit«. Ebent.

»Das ist ein Regenbogenhämatit aus Brasilien!«, sagte Wally und lupfte den Stein aus der Schachtel, um ihn Imogene zu zeigen. »So was liegt überall auf dem Mars rum – aber kein plattiger, irisierender Hämatit wie dieser hier, sondern aus Eisenerz, woher der Planet natürlich auch seine rostrote Farbe hat.« Er drückte ihr den Stein in die Hand. »Hämatit hat ein relativ hohes spezifisches Gewicht«, sagte er. »Aber das dürfte Sie vermutlich nicht stören.« Er lachte. War das unter Umständen halbwegs lustig? Imogene lachte auf Verdacht mit.

»Wie schön«, sagte sie. Obwohl sie, unter uns Pastorentöchtern,

ein wenig enttäuscht war und ob ihrer Enttäuschung ein schlechtes Gewissen hatte, wusste sie doch genauso gut wie jeder andere: Der Gedanke zählt.
»Eigentlich wollte ich Ihnen einen Zinkobotryogen schenken«, sagte Wally, »aber dann habe ich es mir anders überlegt. Ganz so weit sind wir denn doch noch nicht.«

43.
Der geneigte Leser sollte wissen, dass Imogene, anders als Wally, weder ein Tier- noch ein Mineralien-, sondern ein Pflanzentyp war.

44.
Hier eine Liste derer, die außer Wally und Imogene noch auf Sepkowitzens Party zu Gast waren: ein Fotograf, der gerade eine Ausstellung im Whitney Museum hatte (Akte), ein Fotograf, der alles dafür gegeben hätte, eine Ausstellung im Whitney Museum zu bekommen (alte Leute, bekleidet), ein Journalist, der an einem journalistischen Artikel über Journalismus arbeitete (brachte als Gastgeschenk einen Beutel Eiswürfel aus »echtem Gletschereis« mit), eine Frau, die ihre lukrative Stelle als Wirtschaftsanwältin an den Nagel gehängt hatte, um als Lehrerin im Slum zu arbeiten, ein Mann, der seinen Job als Lehrer im Slum an den Nagel gehängt hatte, um Jura zu studieren, ein ehemaliger Anwalt und jetziger Senator, der sich für die steuerliche Absetzbarkeit von Leiterwagen, Schlitten und anderen alternativen Transportmitteln starkmachte, ein Modeschöpfer aus Bhutan, der soeben engagiert worden war, damit er den Rockettes einen neuen Look verpasste, eine Dichterin, die einen Roman über eine Frau schrieb, die ein Gedicht-im-Gedicht schrieb, ein Mann, der von sich behauptete, den lieben langen Tag nichts zu tun, außer zu denken, ein Mann, der die Evolu-

tion des Ekels erforschte, der Produzent des Fernsehcomedyquotenrenners »Erwischt – na und?« mit seiner Frau, einer Schuhdesignerin, die fest entschlossen war, den »versenkbaren Pfennigabsatz« am Markt durchzuboxen, eine Frau, die in ihrer in mehreren Presseorganen erscheinenden Golfkolumne berühmte Golfspieler interviewte und niedermachte, eine Frau, die beteuerte, sie hätte bis zum vierzehnten Lebensjahr an den Weihnachtsmann geglaubt, ein Ehepaar, das die ultimative Kochbibel über Innereienzubereitung verfasst hatte, ein Mann, der behauptete, er sei als Erster auf die Idee für Fruchtjoghurt gekommen (habe sie sich aber leider nie patentieren lassen), und natürlich die Sepkowitzens, die beide Steuerberater waren.
Meg Sepkowitz rief Imogene am nächsten Tag an. »Richard und ich finden Wally richtig nett«, sagte sie. »Und da wollten wir dich fragen: Wie willst du es diesmal wieder vergeigen?«

45.

»Ich habe so meine Methoden«, sagte Imogene.

46.

Derselbe Tag im Wallyland: Wally und Derek bauten ein Regal für Dereks Atomuhr. (Für diejenigen Leser, die die verbilligte Sonderausgabe dieses Buchs gekauft haben, in der weder das Who's Who noch der Buchstabe Q enthalten ist: Derek ist Wallys bester Freund.)
»Konntest du was sehen?«, fragte Derek, während er die Schutzbrille aufsetzte.
»Ich hab nicht geguckt. Ich hab nachgedacht«, sagte Wally.
»Du warst mit einer professionellen Unterwäschefachfrau aus und hast noch nicht mal einen Blick riskiert?«
»Nein, aber es war trotzdem der … mal sehen, der fünftbeste Abend meines Lebens«, sagte Wally.

Derek schmiss den Autogenschweißbrenner an. »Weißt du, was das Einzige war, das sie auf der Party zu mir gesagt hat?«, fragte Wally, aber Derek hörte ihn nicht. »Sie hat gesagt: ›Ich gehe dann jetzt, aber Sie können gern noch bleiben.‹« Murmelte Derek sich etwas in den Bart? Wally hatte fast den Eindruck. Derek schaltete den Schweißbrenner aus und rückte die Brille zurecht.

»Ich bin ja kein Neandertaler«, sagte Wally. »Natürlich bin ich mitgegangen, aber als ich sie unten auf der Straße noch auf einen Drink einladen wollte, hat sie gesagt, sie hätte noch zu arbeiten und müsste nach Hause.«

47.

»Und was war dein drittbester Abend?«, fragte Derek.

48.

»Ich glaube ehrlich, ich hab dem Knaben den ganzen Abend kein einziges Mal in die Augen gesehen«, sagte Imogene zu ihrer Assistentin. Sie packten Kisten mit Feinstrumpfhosen, die für die Nationale Trikotagentagung in Houston bestimmt waren.

»Was macht er beruflich?«, fragte Harriet, die in einem Karton kramte. »Die Netzstrümpfe mit oder ohne Naht?«

»Was macht wer beruflich?«, fragte Imogene zurück. »Die Netzstrümpfe kannst du vergessen. Netzstrümpfe passen nicht nach Houston. Höchstens nach Dallas.«

»Willy oder Walter oder wie der heißt«, sagte Harriet.

»Woher soll ich das wissen? Ich finde es immer so unangenehm, mich auf einer Party mit fremden Leuten zu unterhalten. Und nicht nur da.« Imogene klebte penibel eine Kiste mit taubengrauen Transparenten und schiefergrauen Ultratransparenten zu, auch wenn sie vermutlich der einzige Mensch war, der sich für akkurat verlaufende Klebebandränder interessierte. »Er hat den Sepkowitzzwillingen stundenlang Zaubertricks vorgeführt.« Ein unerfreulicher Gedanke: Womöglich war Wally Zauberkünstler.

»Ich stehe auf Zauberei«, sagte Harriet.

»Zu viel Abrakadabra.« Imogene schichtete einen Stapel stahlgrauer Formstrumpfhosen in die Verpackung. »Drück uns die Daumen, ich glaube, aus der Saks-Sache könnte tatsächlich was werden.«

»Wow.«

»Sagen wir mal so«, sagte Imogene. »Auf der Party habe ich stundenlang am Telefon gehangen und mit dem Saks-Einkäufer geredet. Er meinte, sie hätten definitiv eine Lücke im mittelpreisigen Dessoussegment.«

»Glaubst du, er meldet sich noch mal?«, fragte Harriet.

»Donald Charm? Das hat er mir so gut wie versprochen.«

»Nein, nicht der Typ von Saks. Der andere. Er klingt ziemlich schrullig – und so, als ob man viel Spaß mit ihm haben könnte.«

»Spaß und Spaß sind noch lange nicht dasselbe«, sagte Imogene. Sie hielt ein Paar Kunstlederleggings hoch, die an Auberginenhaut erinnerten, und runzelte die Stirn. »Was meinst du, ist Texas ein Polyurethanbundesstaat?«

49.

Würde Wally sich noch mal melden? War Imogene nicht wenigstens ein klitzekleines bisschen gespannt? Natürlich, lautet die erste Antwort. Und die zweite? Um Imogene zu zitieren: »Nein.«

50.

Wally und Imogene verabredeten sich zu einem zweiten Date.

51.
Und wieder hatte Imogene an dem betreffenden Abend etwas anderes vor, bloß machte sie dieses »Andere« diesmal erst hinterher aus: Ron de Jean hatte sie zum dritten Spiel der World Series eingeladen. Zwar interessierte Imogene sich eher weniger für Baseball, aber einem geschenkten Ticket schaut man nicht ins Maul. Die Einladung verdankte sie Rons Frau, einer weltweit anerkannten Koryphäe auf dem Gebiet der Rotkäppchenforschung, die nach dem Telefonanruf eines Kollegen überstürzt nach Frankreich aufgebrochen war, da sich in der Dordogne völlig neue Erkenntnisse über den bösen Wolf ergeben hatten.

52.
Haben Sie es schon bemerkt? Es besteht ein Zusammenhang zwischen der Abwesenheit von Rons Frau und der Anwesenheit von Imogene in Rons Nähe.

53.
Weitere Beweise finden Sie 25 Seiten weiter hinten.

54.
Nach reiflicher Überlegung müssen wir allerdings zugeben, dass Patty bei solchen Dingen leicht einmal den Überblick verliert. Wäre es ein Beinbruch, wenn wir *über den Daumen gepeilt* fünfundzwanzig Seiten sagen würden? Nach reifer Überlegung: Vergessen Sie die erste Überlegung.

55.
Nach fast schon überreifer Überlegung: Wie sagte Imogene über ihre Affäre mit Ron so schön? »Hört nie auf, fängt nie an.« Und

das galt auch für ihr Leben. Sie hatte an beidem nichts auszusetzen.

56.

Imogene sagte Date Nr. 2 ab.
»Bootsunfall«, erklärte sie am Telefon, weil im Fernsehen gerade *Der alte Mann und das Meer* lief und ihr nichts Besseres einfiel. Dass Wally großes Verständnis zeigte, versetzte Imogene aus einer miserablen Gemütslage in eine hundsmiserable. Er bot ihr an, sie nach New Jersey zu ihrer Mutter ins Krankenhaus zu fahren.
Getrieben vom schlechten Gewissen und möglicherweise auch noch von einem anderen Gefühl, schlug sie vor, auf der Stelle einen neuen Termin auszumachen. »Diesmal brennen wir uns das Datum mit glühender Nadel in den Kalender«, sagte sie, als wäre Wally der Schuldige, der die Planung bereits zweimal über den Haufen geworfen hätte. Doch dann – sie konnte nicht anders – fügte sie mit ernster Stimme hinzu: »Aber natürlich nur, wenn es keine Komplikationen gibt.«

57.

Am Abend rief Imogenes Mutter an, wie fast jeden Sonntag. Und Dienstag. Und alle übrigen Wochentage. Imogene räumte gerade im Wohnzimmer die Möbel um. »Schatz«, sagte Erna Gilfeather, »du hast mich immer noch nicht wissen lassen, ob du an Thanksgiving nach Hause kommst.«
»Das ist doch erst in ein, zwei, drei …« Sie zählte es an ihren Fingern ab. »… in fünf Monaten«, antwortete Imogene. »Wir haben eben erst angefangen, die Badebekleidung auszuliefern.« Imogene rückte den Ohrensessel rechtwinklig zum Couchtisch. Denn was hatte sie schon vor Ewigkeiten von ihrer Mutter gelernt? Es mit den Diagonalen bloß nicht zu übertreiben.

»Bringst du jemanden mit, falls du kommst?«, fragte Mrs. Gilfeather. »Damit ich keinen zu kleinen Truthahn bestelle.« Vielleicht würde sich der Couchtisch da vorn besser machen, dachte Imogene. Schade, dass sie den Kamin nicht auch ein Stückchen in die Richtung verschieben konnte.
»Bring jemanden mit«, sagte Erna Gilfeather. »Damit ein bisschen Leben in die Bude kommt.«

58.
Hat Wally eine Mutter?

59.
Jeder Mensch hat eine Mutter.

60.
Dagegen ist kein Kraut gewachsen. Genauso wenig wie gegen die Bodenerosion.

61.
Stimmt, die Kapitelchen sind kurz. Beabsichtigt waren panoramische Längen, aber offenbar lässt sich nicht alles von jedem kontrollieren. Nicht einmal von Patty.

62.
Seit Imogene das Date abgesagt hatte, stand Wallys Stimmungsbarometer auf Tief. Wie tief genau? Auf -1,04. Ist Ihnen das nicht niedrig genug? Heute Nacht hätte die Nacht der Nächte sein sollen. Stattdessen war es nur eine wie jede andere. Während Wally im aktuellen Heft der Monatsschrift *Reptilien plus*

blätterte und sich noch über eine Glosse amüsierte, die davon handelte, wie ein Schildkrötenhalter erkennen kann, ob sein Tier an Übergewicht leidet, stieß er auf die Ergebnisliste des prestigeträchtigen Südstaatenschildkrötenrennens in Boca Raton. Er traute seinen Augen nicht. Ohne ihm ein Wort davon zu sagen, hatte Gwen ihre gemeinsame Maurische Landschildkröte Stuffy bei dem Wettbewerb an den Start kriechen lassen. Er hatte als bester Zweiter ein orangefarbenes Band errungen. Gewiss, Wally hatte Gwen bei der Trennung zähneknirschend das Sorgerecht für Stuffy überlassen. Aber ihn zum Profisportler zu trimmen, ohne Wally zu fragen ... so etwas gehörte sich einfach nicht! Einen Mann und eine Schildkröte so zu behandeln! Wie konnte sie es wagen?

Wally schaltete den Fernseher ein, weil er hoffte, Imogene zu sehen. Dass die Chancen dafür nicht gerade gut standen, wusste er. Er war schließlich kein Narr. Aber er hatte eine Schwäche für chancenlose Unterfangen. »Hundert Prozent aller Lotteriegewinner hatten eine infinitesimal kleine Chance, Lotteriegewinner zu werden«, lautete eine der Binsenwahrheiten, nach denen er lebte.

Heute aber zog er nicht das große Los. Imogene war nirgends zu finden – weder bot sie auf dem Shoppingkanal Featherware feil, noch zauberte sie auf dem Kochsender Soufflés (oder doch Eclairs?). Sie wurde auch nicht in den Lokalnachrichten zu dem stets höflichen Nachbarn interviewt, der eines Tages seine Menschenscheu überwunden und die Familie von nebenan zerstückelt hatte. Weder saß sie in *Couchplausch mit Penny Jackson* auf der Couch und plauschte mit Penny, noch versuchte sie in der Reality-Show *Wassern oder landen?* ihr Glück als Bruchpilotin.

Ach, wo Imogene überall nicht zu finden war! Man hätte ein Buch darüber schreiben können.

Nicht *dieses* Buch. Einen Atlas.

63.
Wally griff zum Telefon und wählte Imogenes Nummer, weil er sie mittlerweile leider auswendig kannte.

64.
Er wurde mit der ungerührten Ansage beschieden, sie sei zurzeit nicht erreichbar. Worauf er mit mehr als nur einem leisen Hauch von Wehmut an Gwen dachte, die derzeit nicht nur erreichbar, sondern wohl auch verfügbar war. Wally probierte es ein zweites Mal.
Und kam durch.

65.
Noch einmal zurück zu Kapitelchen 62: Patty möchte gern kund und zu wissen tun, wie sehr es ihr selbst imponiert, dass es ihr bereits im zweiten Anlauf gelungen ist, das Wort *infinitesimal* richtig zu schreiben.

66.
Wallys Hals hätte eine Rasur nicht nötig gehabt, aber es war Freitagabend und er hatte sonst nichts zu tun. »Worüber habt ihr zwei euch bis drei Uhr in der Früh unterhalten?«, fragte Elsie.
Elsie hatte ebenfalls nichts zu tun. Im Gegensatz zu den meisten anderen Menschen, denn Wally war an diesem Abend der einzige Kunde im Salon. Elsie fuhr noch einmal mit der Haarschneidemaschine über eine Brache an Wallys Hals, weil sie ihm für sein Geld etwas bieten wollte und weil sie und Wally, wie schon gesagt, sonst nichts zu tun hatten.
»Bis drei Uhr zwanzig«, stellte Wally richtig. »Ich würde sagen, wir haben hauptsächlich darüber geredet, wie glücklich und

zufrieden sie mit ihrem Leben ist, dass sie Partnerschaften für maßlos überschätzt hält und warum ich anderer Meinung bin. Und ein bisschen haben wir auch noch über Ferritantennen geplaudert.«

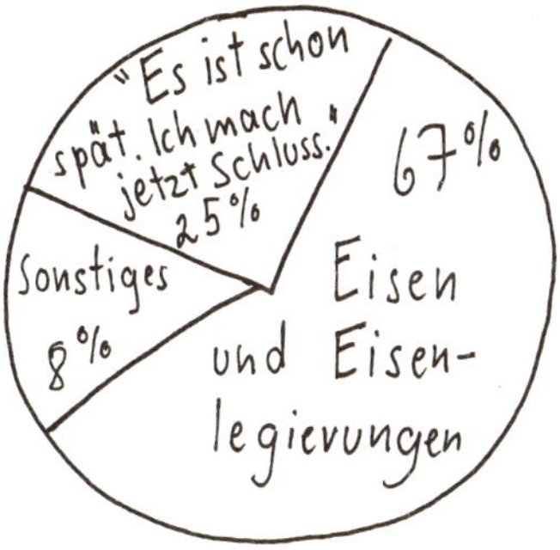

Worüber Wally und Imogene sich unterhielten

67.

Imogenes Terminkalender platzte für die nächsten zehn Jahre aus allen Nähten. Was sie sich dringender als alles andere wünschte, war Zeit.

68.

Richtigstellung: Was Imogene sich dringender als alles andere wünschte, war eine Zusage von Donald Charm, dem Saks-Einkäufer, am morgigen Mittag beim gemeinsamen Lunch.

69.

Vereinzelter Nieselregen in Iowa führte zu Verspätungen am Chicagoer Flughafen, die ihrerseits Gepäckverluste an der gesamten Ostküste nach sich zogen, was wiederum dazu führte, dass Donald Charm den Lunch mit Imogene absagte. Deshalb saß sie stattdessen an diesem Mittag mit Wally im Park und aß einen Hot Dog vom Hot-Dog-Stand.

»Darf ich Sie etwas fragen?«, sagte Imogene. »Wieso nehmen Sie so viele Beilagen?«

»Das Leben hat mir schon zahlreiche Enttäuschungen bereitet«, antwortete Wally. Er hielt inne. »Sie leiden doch hoffentlich nicht an einer Beilagenphobie?«

70.

Obwohl er ganz genau wusste, dass man das Begehrenswerte nicht begehren sollte, schickte Wally Imogene eine E-Mail, sobald er wieder zu Hause war. Er wollte und musste ihr mitteilen, dass sie bis jetzt erst $^{107}/_{120}$ eines richtigen Dates zusammenbekommen hatten – und zwar laut folgender Berechnung:

1. Sepkowitzens Party (223 Wörter gewechselt; annäherungsweise 7 Sekunden Körperkontakt) = $^{1}/_{6}$ Date.
2. Gesammelte Telefongespräche (Länge: 4 Stunden, 10 Minuten; beide Gesprächsteilnehmer zugedeckt im Bett) = $^{1}/_{8}$ Date.
3. Lunch (unter freiem Himmel; kein Alkohol; Plastikutensilien) = $^{3}/_{5}$ Date.

Gesamtmenge Date = $^{107}/_{120}$

Diese Eröffnung warf Imogene völlig aus der Bahn. Man könnte auch sagen, sie katapultierte sie aus ihrer existenziellen Geworfenheit. Hatte sie sich doch bis jetzt dem Glauben beziehungsweise Irrglauben hingegeben, Wally und sie hätten es bereits auf zwei offizielle Dates gebracht.

71.

Was nach ihrer Berechnung eine Erfolgsquote von 100 Prozent ergab.

72.
Was Wally sich dringender als alles andere wünschte, war Liebe.

73.
Ahhh.

74.
Aus einer Laune oder Schlimmerem heraus schrieb Imogene Wally einen Brief. Kaum hatte sie ihn eingeworfen, kamen ihr Bedenken. Was für ein Mensch bedankte sich *brieflich* für einen Hot Dog? Ob Wally sich überhaupt noch daran erinnerte? Klang die Stelle im zweiten Absatz, wo sie auf Saks zu sprechen kam, nicht nach Prahlerei? Und was hatte sie sich bloß bei der Anspielung auf Aufstieg und Fall des Roman Polanski gedacht? Wieso war ihr ein Konjunktiv I entschlüpft? Hätte sie sich den Satz nicht ganz verkneifen können? Und was sollte er von dem neckischen Postskriptum halten? O Gott, und erst von dem albernen Post-Postskriptum? Wieso hatte sie ihm ihre andere Telefonnummer verraten? Hatte sie ihn wahrhaftig eingeladen, mit ihr … sie durfte gar nicht daran denken. Und dann auch noch das Briefpapier! Das sie normalerweise für Beileidsschreiben hernahm. Kein Mensch benutzte heutzutage noch Briefpapier. Noch nicht einmal für Tote. Und warum o warum o warum nur hatte sie mit »Gruß und Kuss« unterschrieben?

75.
Das passte überhaupt nicht zu ihr.

76.
Oder etwa doch?

77.
Imogene ballte die Hände und kniff die Augen zu. »Dabei gefällt er mir noch nicht mal«, dachte sie. »Er kann sich viel zu sehr für Sachen begeistern, die mir schnuppe sind, und er hatte seinen Pullover auf links an.« Ihr kamen seine Daumennagelmonde in den Sinn. Die gefielen ihr auch nicht.

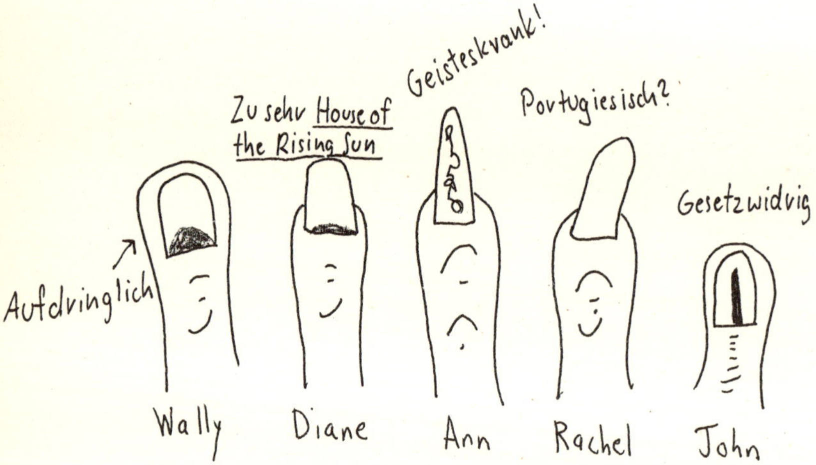

78.
Als sein Freund Derek anrief, stand Wally müßig vor der Mikrowelle und sah zu, wie darin ein Stück Seife Falten und Blasen warf und sich zu monströser Größe aufblähte.
»Hey«, sagte Derek, »hast du Lust, ein Mädel kennenzulernen, so um die dreiundzwanzig und zum Niederknien?«
»Das kommt jetzt gerade im ungünstigsten Augenblick«, antwortete Wally, während er den Klacks Brei vom Drehteller kratzte und gegen eine Hundertwattglühbirne austauschte. »Zwanzig Sekunden dürften reichen«, dachte er bei sich.
»Nun stell dich nicht so an«, sagte Derek. »Normalerweise müsstest du ein verhutzelter Milliardär sein, um an ein Mädel mit solchen Referenzen ranzukommen.«

»Wo liegt der Haken?«, fragte Wally. Die Glühbirne pulsierte unter Farbeffekten, dann zersprang sie mit einem Peng in tausend Stücke. »Soweit ich weiß, bist du auch Single.«
»Ich? Mit ihr? Meine Mutter würde mich umbringen.« Beenish Asif sei, wie Derek erläuterte, eine Cousine zweiten Grades. Sie war, nachdem sie die kanadischen Männerressourcen zur Gänze ausgeschöpft hatte, eben erst aus Saskatchewan nach New York gezogen. Derek hatte seiner Tante und seinem Stiefonkel versprochen, auf ihre Tochter aufzupassen, während sie in der großen Stadt einen Aufbaustudiengang in Angewandter Sexualkunde absolvierte. »Außerdem dachte ich mir, du brauchst jemanden, der dich nach Wie-hieß-sie-noch-gleich auf andere Gedanken bringt.«
»Imogene«, sagte Wally. Der Stahlwolletopfreiniger, der bei höchster Frequenz mikrowellisiert wurde, sprühte Funken.
Jetzt wissen Sie, wie es dazu kam, dass Wally eine Nacht mit Beenish Asif verbrachte.

79.

Sie trafen sich downtown, in einer Bar, die Beenish Asif ausgesucht hatte – ein Rattenloch mit dem Namen Fire Hazard, obwohl das Rauchen dort verboten war. »Wie erkenne ich Sie?«, hatte Wally am Telefon gefragt. Beenish hätte antworten können, dass sie vorstehende Zähne hatte, eine Porzellanpüppchenfrisur und eine kleine Narbe unter der linken Augenbraue von einem Unfall mit ihrem Puppenherd (was alles der Wahrheit entsprach), doch das tat sie nicht. Sie antwortete: »Ich trage grüne Kontaktlinsen.«
»Sonst noch etwas?«, fragte Wally.
»Ich habe eine leichte Lese-Rechtschreib-Schwäche, eine Vorliebe für Teriyaki und letztes Jahr die Mandeln rausbekommen«, sagte sie.
Gab Beenish sich absichtlich einen rätselhaften Anstrich, oder

war sie nur nicht besonders helle? Patty hat darüber nachgedacht, aber sie möchte sich nicht festlegen. Und auf Wallys Urteil ist noch nie Verlass gewesen, schon gar nicht in diesem Fall, da ihn ihre perlende Stimme und ihre Ungebundenheit betörten. Er war krankhaft großherzig.
»Eins noch«, sagte Beenish, bevor Wally und sie auflegten. »Im Kino sitze ich am liebsten in der allerersten Reihe.«

80.
Was Beenish Asif sich dringender als alles andere wünschte, war Spaß an der Freude – vor allem, wenn sie sich dabei ihrer Kleidung entledigen konnte und/oder zum Essen eingeladen wurde.

81.
Weil das Fire Hazard so überfüllt war, dass sich dort nur ein Taschendieb hätte wohlfühlen können, zogen Wally und Beenish ein paar Straßen weiter, in Beenishs Untermietzimmer. Außerdem musste sie ihre Katze füttern. Dabei hatte sie für Katzen gar nichts übrig. Was auf Gegenseitigkeit beruhte. Warum sie dann eine Katze besaß? Na, wer hat schon die Zeit, mit einem Hund Gassi zu gehen?
Wie jeder, der Kapitelchen 24 gelesen hat, weiß, bestand Wallys berufliche Tätigkeit mehr oder weniger darin, im Namen der Wissenschaft Katzen zu töten. Als er Beenishs Katze kennenlernte, kniete er sich hin und kraulte ihr die weiche Stelle unter dem Kinn.

82.
Hut ab vor Wally.

83.
Offenbar kennt er den Unterschied zwischen Arbeit und Vergnügen.

84.
»Ich glaube, jetzt hab ich's ausgetüftelt«, sagte Derek zu Wally, der an einer widerspenstigen Schraube drehte. Sie bastelten in Dereks Keller an einem Funkscanner, den sie so umbauen wollten, dass man damit digitale Handygespräche entschlüsseln konnte. Derek fuhr fort: »Du wärst mein Cousin dritten Grades – oder vielleicht doch mein Urgroßcousin?«
»Zum millionsten Mal«, sagte Wally. »Ich werde Beenish nicht heiraten.« Er entfernte etwas von etwas.
»Damit du auf Familienfeiern nicht neben mir sitzen musst, Vetter?« Mit gespielter Anteilnahme tätschelte Derek ihm pseudo-onkelhaft die Schulter. (Die Schulter allerdings war echt.)
»Lass den Quatsch«, sagte Wally. »Du weißt doch, dass ich in Imogene verliebt bin.« Er streckte ihm auffordernd die Hand hin. »Spitzrundzange.«
Derek gab ihm das Werkzeugset. »Und woher weißt du, dass Imogene dich auch liebt?«
»Hat sie mich etwa nicht in eine Ausstellung über altägyptische Stoffe eingeladen?« Das Gesicht in tiefe Konzentrationsfalten gelegt, zog Wally umständlich den Stecker fest, der hinten aus dem Scanner kam.
»Aber hat sie dich nicht im PPS wieder ausgeladen?«, fragte Derek.
»Sie hat sich brieflich für einen Hot Dog bedankt«, sagte Wally. »Was für ein Mensch schickt schon einen Dankesbrief für einen Hot Dog?«
»Vielleicht ein Hot-Dog-Fan.«
»Nein, ich fühle mich einzigartig«, sagte eine kratzige Stimme aus dem Funkscanner. Gebannt hielten Wally und Derek den

Atem an, um auf Nummer sicher zu gehen, dass es nicht doch bloß ein Kratzen war. »Hier sind alle Quäker«, kratzte die Stimme. »Aber ich bin der einzige Quäkerschläfer.«

85.

Wally schickte Imogene einen E-Mail-Dank für ihren Hot-Dog-Dank. »Wussten Sie, dass die Gesamtlänge der in diesem Jahr von Amerikanern bei Erstligabaseballspielen verzehrten Hot Dogs vom RFL-Stadion in Washington, D.C., bis zum AT&T-Park in San Francisco reichen würde?«, lautete der letzte Satz seiner kurzen Mail. In der nächsten Zeile stand nur ein *W* (ohne Punkt dahinter).

Imogene mailte zurück. Sie habe noch nicht mal gewusst, dass es in San Francisco einen AT&T-Park gebe. Sie unterschrieb die Mail mit einem »I« (punktlos). Es hatte große Ähnlichkeit mit einer einzelgängerischen 1, aber das war bei ihr gang und gäbe. Sie setzte einen Punkt ans Ende, nahm ihn weg, setzte ihn wieder hin. Sie probierte hin und her, einen Punkt einfügend und löschend, der wahrscheinlich für niemanden außer für sie selbst von Belang war. (Sogar Patty ist er piepegal.) Und auch das war bei ihr gang und gäbe. Zum Schluss entschied sie sich dann doch für den Punkt, damit das arme *I* nicht gar so mutterseelenallein dastand. Was bei ihr definitiv weder gang noch gäbe war.

86.

So begann die E-Mail-Korrespondenz zwischen Wally Yez und Imogene Gilfeather.

87.
Anfangs mailten sie einander in Maßen und meistens abends, um die Tiefen und Untiefen des Tages Revue passieren zu lassen.

88.
»Habe einen Dokumentarfilm über die Herstellung von feuerfesten Messbechern gesehen.«

89.
»Habe mir meine neue Brille zerkratzt.«

90.
»Bist du auch in den Wolkenbruch geraten?«

91.
»Das Ding war so verrostet, dass ich zwei Stunden gebraucht habe, um sieben Schrauben loszukriegen.«

92.
»Mir steckt immer noch die Expedition zur Post in den Knochen.«

93.
»Ich muss dir unbedingt von meiner neuen Badematte erzählen.«

94.
»Nur wenn ich dir von meinem Kühlschrankkondensator erzählen darf.«

95.
»Rate mal, wie viel mir der Schuster für die neuen Stiefelabsätze abgeknöpft hat.«

96.
Noch viereinhalb Einkaufstage bis zu Kapitelchen 100.

97.
Die E-Mails wurden länger. Wally erzählte Imogene von seinem Ausflug nach Boston, wo er in einem Maschinenraum den ältesten noch funktionsfähigen dampfbetriebenen Gleichstromgenerator besichtigt hatte. Von den Dynamos und Heizkesseln, die er in Aktion gesehen hatte, schwieg er fürs Erste, weil er sie damit bei ihrem nächsten Treffen überraschen wollte. Imogene erzählte Wally von der Dinnerparty, auf der sie gewesen war, bei der im Hintergrund der Audioloop von einer anderen, weitaus ausgelasseneren Party lief. Das unwesentliche Detail, dass sie die Gastgeberin der Dinnerparty gewesen war, behielt sie für sich. Genau wie die Tatsache, dass zu den Gästen auch Ron de Jean gehört hatte.

98.
»Ich kann dir weder Zeit noch Liebe versprechen«, schrieb Imogene in einer E-Mail.
»Eins von beiden reicht mir dicke«, schrieb Wally zurück. »Du kannst es dir aussuchen.«

99.
Imogene antwortete nicht.

99½.
Trotz dieses kleinen Betriebsunfalls beschleunigte sich das Tempo ihres E-Mail-Verkehrs. Aus täglich wurde zweimal täglich, stündlich, kontinuierlich, unerträglich. Zweiundfünfzig Seiten Bettgeflüster. Genau wie ein Rommépiel, bemerkte Wally, der als Meister der Close-up-Zauberei diesen Zufall nicht auf die leichte Schulter nahm.

100.
Herzlichen Glückwunsch! Die Hundert sind geschafft. Wir fassen zusammen: 63 Seiten, 99½ Kapitelchen, 371 Absätze, 53 056 Zeichen (ohne Leerzeichen), 53 017 Zeichen (mit Leerzeichen). Patty findet, Absätze und Kapitelchen sind ihre besondere Stärke. Und Zeichen.
So viele Zeichen. Und da soll man dann auch noch die gerade Linie finden. Nicht einfach. Vor allem bei den S nicht. Ha ha.

101.
Gehen wir also gepflegt wieder zur Tagesordnung über (beziehungsweise, wie Patty sagen würde): nach allen Regeln der Kunst.

102.
»Hättest du Lust auf ein gewagtes Experiment?«, fragte Wally Imogene nach einigen Wochen des Cyberorgienfeierns.

103.
Obwohl Imogene von dieser wissenschaftlichen Methode nicht viel hielt, willigte sie, ungeachtet einiger Bedenken, ein. Statt weiterhin per E-Mail zu kommunizieren, würden Wally und sie sich auf das Parkett der Konversation hinauswagen – nicht von Angesicht zu Angesicht, das wäre dann doch ein wenig zu gewagt gewesen, sondern per Telefon. Gewiss, sie hatten bereits früher miteinander gesprochen, aber damals noch als Fremde. Je weniger man sich kannte, desto leichter konnte man dem anderen etwas vormachen.

104.
An diesem Abend rief Wally um Punkt elf bei Imogene an.

105.
Wissenschaft ist Präzision.

106.
»Mr. Watson – kommen Sie her – ich brauche Sie«, begann Wally. Er erzählte Imogene, dass so Alexander Graham Bells erste Worte am Telefon gelautet hätten. Anschließend hielt er ihr einen Vortrag über die Funktionsweise des Telefons.

107.
Die Wissenschaft hat für vieles eine Erklärung.

108.
Was für eine tolle Nummer die 108 ist. Da werden alte Erinnerungen wach.

109.

Außerdem ist sie die Kernladungszahl von Hassium, Dummkopf.

110.

Schon bald telefonierten Wally und Imogene jeden Abend von Punkt elf bis drei, vier Uhr in der Früh. Nach einigen Wochen jedoch setzte Imogene Wally davon in Kenntnis, dass es für sie, was ihre Karriere angehe, inzwischen Spitz auf Knopf stehe und sie sich leider für Spitz entscheiden müsse, was in Sachen Liebe bedeute, dass sie für »Beziehungsverstrickungen«, wie sie sich ausdrückte, keine Zeit habe.
Früher am selben Tag – und das war kein Zufall – hatte Imogene erfahren, dass ein Featherware-Konkurrent, eine Firma mit dem Namen Blatant Exploitation, soeben ihre FDGO-Jazzpants (»Von führenden Bürgerrechtsbewegungen empfohlen!«) an Saks Fifth Avenue verkauft hatte.
»Ich sage ja gar nicht, dass deine Karriere nicht wichtig ist«, sagte Wally. »Aber ich denke, auch in Sachen gemeinschaftlicher Lebensgeschichte steht es für dich Spitz auf Knopf.« Er klopfte sich die Kopfkissen zurecht und knipste die Nachttischlampe aus. »Hast du eigentlich schon mal die kumulative Wirkung mit einkalkuliert, die es hätte, wenn du jeden Abend mit einem anderen Menschen, und zwar mit ein und demselben Menschen, in die Federn kriechen würdest?«

111.

Erst die Wissenschaft, dann auch noch Geschichte.

112.

»Wo bin ich hier?«, dachte Imogene. »In der Schule?«

113.
Als fleißige Schülerin gab Imogene ihr Bestes, sich eine Verbindung vorzustellen, wie Wally sie besang. Was für ein Gefühl wäre es wohl, sich mit einem anderen Menschen ein Sammelalbum mit Erinnerungen zu teilen? Mit ihm zusammen ein gemeinsames Eigennamenverzeichnis zu führen, so dass man zum Beispiel niemals erst lange erklären musste, wer Bruce Strober war? Seine Erinnerungen so genau zu kennen, dass sie sich manchmal fragen würde, hoppla, ist das eigentlich ihm oder mir passiert? Sich in einer Geheimkürzelsprache zu unterhalten, die sonst niemand verstand – oder sogar, wenn ihnen danach war, überhaupt nicht zu reden? Neckische Kosenamen zu haben? Wie es wohl wäre, sich seiner so sicher zu sein, dass sie in der Jogginghose und ungeschminkt durch die Wohnung laufen konnte? Oder höchstens mit einem Hauch Rouge. Und vor allem, wie Wally gesagt hatte, jeden Abend, komme was da wolle, miteinander in die Federn zu kriechen?

114.
Grauenvoll, fand sie.

115.
Wirklich furchtbar. Pfui bäh.

116.
Wenn ihr die Nacht zu lang wurde, stellte sie sich ihre eigene Beerdigung vor. Andere hätten es vielleicht als ausreichend befriedigend empfunden, über die Größe der Trauergemeinde zu spekulieren, Imogene dagegen überlegte sich auch noch, wessen Beerdigung sie ausfallen lassen könnte, sollte sich der Tod in einer anderen Reihenfolge einstellen.

117.

Als Imogene am nächsten Abend mit aktivierter Freisprechfunktion im Bett lag, lauschte sie Wallys Ausführungen zum Thema Fluchtdistanz, einem Begriff aus der Tierverhaltensforschung, der beschreibt, wie nah man einem Tier kommen kann, bevor es wegläuft. Um nicht allzu sehr als Spinnerin dazustehen und auch aus Gründen der Höflichkeit, rundete Imogene lieber ab und sagte, sie schätze ihre FD auf zwölf Häuserblocks. Wally sagte, auf ihn treffe eher das Siamesische-Zwillings-Modell zu.
»Wobei mir einfällt«, sagte Wally. »Wo möchtest du deinen Lebensabend verbringen? Ich würde gern aufs Land ziehen.«
»Für mich kommt nur die Stadt in Frage«, antwortete Imogene.
»Musst du denn immer darauf herumreiten, wie verschieden wir sind?«
»Gute Nacht«, sagte Imogene.
»Gute Nacht«, sagte Wally.

118.
War das etwa ein Krach?

119.
Was ist hier los?

120.
Schwer zu sagen. Dunkle Wolken am Horizont? Wird die Milch sauer? Stürzt die Festplatte ab?

121.
Am nächsten Abend ging Imogene zur festgesetzten Stunde nicht ans Telefon. Wally glaubte, er hätte sich verwählt, und probierte es noch einmal. Er hatte noch nicht ganz zu Ende gewählt, als er wieder auflegte, weil er den Verdacht hatte, dass Imogene sich gerade die Zähne putzte. Wally wollte sie auf gar keinen Fall dazu verleiten, auf halber Zahnstrecke mit dem Putzen aufzuhören. Später unternahm er einen erneuten Versuch. Er wollte ihr von seinem Vetter erzählen, der sich beim Aufschrauben einer klemmenden Zahnpastatubenkappe einen Zahn abgebrochen hatte, und sie warnen, so etwas ja nicht ebenfalls zu probieren. Doch sie meldete sich noch immer nicht. Noch später auch nicht. Wally fing an, sich Sorgen zu machen. Er sah sie vor sich: unter Gerüsttrümmern begraben, mit einem Fahrstuhl in den Tod gestürzt, von umstürzenden Bücherregalen erschlagen, durch ein für einen Diplomaten bestimmtes Sushi vergiftet, bei einer *Aida*-Aufführung von einer Kanonenkugel getroffen, von einem superstarken Magneten angezogen und zerquetscht, niedergetrampelt von einem meuternden Pferd, dem es reichte, Touristenkutschen durch die Stadt zu ziehen, wo

doch sogar ein Pferd verstand, dass eine Fahrt mit dem Bus praktischer gewesen wäre.

122.
Nur auf einen Gedanken kam Wally nicht: dass Imogene die Nacht mit Ron de Jean verbrachte.

123.
Wally studierte die Gebrauchsanweisung für seine Kamera. Normalerweise gab es für ihn nichts Schöneres als ein dickleibiges Benutzerhandbuch. »Wenn ich die letzte Seite umblättere, bin ich jedes Mal überwältigt«, pflegte er zu sagen. »Es ist die reinste Katharsis, der reinste Rausch.« In dieser Nacht jedoch konnten sämtliche Installations-, Bedienungs- und Problemlösungstipps der Welt seine Stimmung nicht aufhellen.

124.
Wally rief Derek an: Seiner großen Liebe müsse ein Unglück widerfahren sein.

125.
»Dein Bruder muss für mich eine ABT nach einer 507 einleiten«, simste Wally an Elsie, seine langjährige Friseurin und de facto Therapeutin, die engste familiäre Beziehungen zur New Yorker Polizei unterhielt. Eigentlich meinte er eine APB (Fahndung) nach einer 10-57 (vermissten Person), aber geschrieben hatte er etwas, das mit dem American Ballet Theater und einem öffentlichen Ärgernis zu tun hatte.
»HA HA«, simste Elsie zurück. »SOS BITTE KOMMEN KOPFWÄSCHE NÖTIG!«

126.

Wally war dermaßen mit den Nerven am Ende, dass er, um sich wieder zu beruhigen, eine Liste mit Batterien zusammenstellte: Lithiumpolymerbatterie, Biobatterie, nukleare Mikrobatterie, optoelektrische Radionuklidbatterie, organische Radikalbatterie, Bagdad-Batterie, Nano-Batterie, Nickel-Metallhydrid-Batterie, Papierbatterie, Lithium-Ionen-Sekundärbatterie, Nickel-Cadmium-Batterie, 9-Volt-Batterie, Trockenbatterie, Knopfzelle, AAAA-Batterie, Lithiumbatterie, Laternenbatterie, AAA-Batterie, C-Batterie, D-Batterie, AA-Batterie, Zitronenbatterie.
Es gibt noch viele andere Batterietypen, aber weiter kam Wally nicht, bevor die Wirkung seiner Schlaftablette einsetzte.

127.

Am nächsten Abend ging Wally, um sich abzulenken, mit Beenish Asif zur Eröffnung des pakistanischen Filmfestivals. Der Tweet einer ihrer Kommilitoninnen über ein kaum bekanntes indisches Massaker an fünfunddreißig Pakistanern in einem Nobelvorort von Lahore war verfilmt worden.

128.
Eine Komödie. (Und nicht mal eine schlechte.)

129.
Nach dem Film gab es eine Party mit vielen pakistanischen Bonzen, aber ohne Bier oder sonstigen Alkohol. Nach der Party fuhren Beenish und Wally zu Beenish, wo es Courvoisier V.S.O.P. gab. Als Beenish auf die Toilette ging, begab Wally sich schnurstracks in die Küche, um kurz bei Sie-wissen-schon-wem anzurufen.
Er ließ das Telefon sechs Mal klingeln und hätte es noch unendlich lange weiterklingeln lassen, wenn nicht plötzlich Beenish hereingekommen wäre, in Maskara-Tränen aufgelöst, die ihr über die Wangen kullerten. Sie weinte, wie sie sagte, weil die Produktion ihres Erkennungsparfüms (Gunsmoke) eingestellt werden sollte, weil sie auf ihre Lieblingsnüsse (Macadamia) allergisch war, weil die Mammutrede des Senators für Vermont, wie sie im Radio gehört hatte, noch immer nicht zu Ende war und er so müde klang, weil der Vollmond am Himmel stand, weil sie heute Nacht nicht allein war (Freudentränen) und weil sie nun mal supergut weinen konnte.
Wally folgte Beenish ins Schlafzimmer, weil Imogene eindeutig nicht auf ihn wartete.
(Der Wetterbericht sagte mit fünfundsechzigprozentiger Wahrscheinlichkeit heiteres bis wolkiges Wetter voraus. Was aus den restlichen fünfunddreißig Prozent werden sollte, wurde mit keiner Silbe erwähnt.)

130.
Diesmal putzte Imogene sich tatsächlich die Zähne. Danach blieb sie noch lange auf und beschäftigte sich mit zig verschiedenen Dingen. Sie blätterte in Katalogen, schrubbte die Stuckleisten,

inspizierte die Kranzgesimse, trank zwei Espresso, schaltete den Fernseher ein, während sie ihre Stromrechnung bezahlte, und wieder aus, während sie sich eine revitalisierende Gesichtsmaske gönnte, und telefonierte mit Harriet über das kleine Einmaleins der Inventur. Sie nahm an, dass Wally vor der festgesetzten Stunde eingeschlafen war.

131.
Wo *war* Imogene in der Nacht vor Kapitelchen 129?

132.
Sie war, wie bereits erwähnt, mit Ron de Jean im Bett. Ron de Jeans Frau hatte ihm gemailt: »Hol mich nicht vom Flughafen ab. Komme nicht mit Flug 343; auf der Rotkäppchenkonferenz haben sich neue Erkenntnisse ergeben. Muss mich näher mit dem Jäger befassen.«

133.
Ron war sich nicht sicher, ob das ein- oder zweideutig gemeint war.

134.
Ron de Jean hatte nicht viel Zeit für Perplexität. Er war von seinem Labortechniker informiert worden, dass eine der Versuchspersonen aus dem Schlafversuch nicht wieder aufgewacht war. Ab und zu setzt sich eine große Sorge eben doch gegen eine kleine durch.

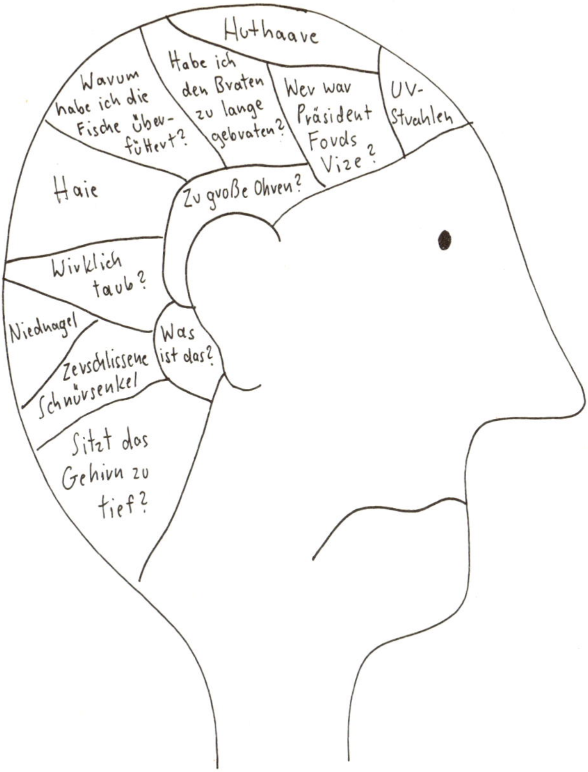

135.
Oder ist es umgekehrt?

136.
»Nicht wieder aufgewacht oder *nicht wieder aufgewacht*?«, fragte Ron, die in ihm aufsteigende Panik niederkämpfend.
»Die gute Nachricht ist, dass das Molekül tatsächlich schlaffördernd ist«, sagte der Techniker.
Ach ja, die Wissenschaft.

137.
Ron rief Imogene aus dem Krankenhaus an. »Wenn ich irgendetwas tun kann …«, sagte sie, meinte aber natürlich, bitte, bitte mich nicht, irgendetwas zu tun. Reichte es nicht, ihre Hilfe anzubieten? Ron reichte es leider nicht. Er wolle in dieser Nacht nicht allein sein, sagte er.

138.
Imogene schon.

139.
Ron gewann.

140.
Die Versuchsperson wachte wieder auf, falls man das so nennen konnte.

141.
Aber reden wir nicht mehr von der Versuchsperson. Reden wir lieber wieder über das Labor, ja?

142.
Nein. Über das andere Labor.

143.
Das Vestibulospinalreflexlabor. Wo Wally und Gwen Seite an Seite mit dem Triezen und Tratzen von Katzen beschäftigt gewesen

waren, bis die Tiere buchstäblich nicht mehr wussten, wo ihnen der Kopf stand. Wo Wally seiner Expartnerin unlängst vor dem Fahrstuhl in die Arme gelaufen war.

144.
Er wollte rein, Gwen raus.

145.
Sein Gesicht war hinter einem großen, nicht sehr stabilen Karton verborgen, den er auf dem Arm hatte, aber Gwen erkannte seine Turnschuhe wieder (schwarzes Leder, blaues Wildleder), die sie ihm gekauft hatte (124,38 Dollar), einen Tag, bevor Wally sie verlassen hatte (vor vier Monaten und elf Tagen).

146.
Gwen ging zurück in den Fahrstuhl. »Was für eine Überraschung, dich zu sehen«, sagte sie, obwohl sie ihn ja gar nicht richtig sehen konnte. »Wollen wir uns auf eine Tasse Kaffee zusammensetzen?« Sie drückte auf den Knopf fürs Erdgeschoss.

147.
»Erzähl mir bloß nicht, du bist wieder schwanger«, sagte Wally. Und überhaupt, hatte Gwen ihn nicht vor Ewigkeiten sitzenlassen (vor mindestens sieben Monaten)? Wally hatte zurzeit genauso viele weibliche Wesen in seinem Leben, wie er verkraften konnte (eins bis vier, je nach Zählweise). »Ich hab schon zu viele Tassen Kaffee intus«, sagte er. (Dreieinhalb.)

148.
Der Fahrstuhl hielt an, der Karton platzte, der Inhalt fiel heraus. »Wieso nimmst du deinen Hefter mit nach Hause?«, fragte Gwen, abermals überrascht.

149.
Wally dachte: »Die will doch wohl hoffentlich nicht meinen Hefter haben?«

150.
Bei einer Tasse Tee erzählte Wally, dass er soeben im Labor gekündigt habe.
»Meinetwegen?«, fragte sie.
»Nein«, sagte er und wusste momentan nicht mal mehr, wer sie war.

151.
Gwen hätte zu gern gewusst, ob die Kellnerin eines der Dinge war, mit denen Wally sich näher beschäftigen wollte.

152.
»Sei ehrlich«, sagte Gwen. »Hörst du auf, weil ich in die Insekten-Neuro gewechselt habe?«
»Ich höre auf, weil ich eine unwissenschaftliche Zuneigung zu Katzen entwickelt habe«, antwortete Wally.
»Und was willst du dann töten?«
»Da fällt mir bestimmt was ein.«
Gwen knabberte stumm ihren Reiskräcker. Sie leckte sich den Zeigefinger ab und damit auch die letzten Krümel. »Ich finde,

wir sollten uns das Sorgerecht für den Wagen teilen«, sagte sie. (Gwen war nicht schwanger, aber sie war wieder mit Leonard aus dem Labor zusammen.)

153.
Manch einer würde sagen, dass der Spaziergang im Park das bis dahin verheißungsvollste Rendezvous von Wally und Imogene darstellte. Weil es der erste sommerliche Frühlingstag war, lagen überall im Gras halbnackte Sonnenanbeter herum, über deren Winterfleisch Patty sich lieber nicht näher auslassen möchte.
»Hast du einen anderen?«, fragte Wally, während er unter dem Vorwand, ihr über ein Stöckchen hinüberhelfen zu wollen, Imogenes Hand nahm. »Weil ich mich nicht in dich verlieben will, wenn du einen anderen hast.« Dass es dafür bereits zu spät war und er sich längst in sie verliebt hatte, behielt er für sich. Stattdessen sagte er, er glaube nicht, dass er sich auf den nächsten großen Schritt in ihrer Beziehung einlassen könne, weil er sich viel zu sehr davor fürchte, schwermütig zu werden. Falls es mit ihnen dann doch nicht klappen sollte.
»Verstehe«, sagte Imogene, die natürlich gar nichts verstand. Sie fuhr fort, ihretwegen könnten sie auch ruhig Schluss machen. Womit es ihr ernst war. Weiter geschah nichts, außer dass Wally um ein Haar von einem Radfahrer umgefahren worden wäre.

154.
Wenn nichts geschieht:
a) Kostet es trotzdem.
b) Darf man sich glücklich schätzen.
c) Muss man die Batterie wechseln.
d) Geschieht doch etwas, bloß sehr, sehr langsam.

155.
Die Schwere des regionalen Großwetterphänomens war möglicherweise auf das Zusammentreffen zweier Atmosphärenüberdruckgebiete über einem stehenden Gewässer zurückzuführen. Hitzeindex hoch. Windfröstelfaktor niedrig.
Oben Beschriebenes ereignete sich auf Imogenes extrafester Matratze. Die Meteorologen standen vor einem Rätsel.

156.
Imogene hatte nicht die Angewohnheit, über ihr Privat- oder auch nur Semiprivatleben zu reden. Aber wenn sie den Mund schon mal offen hatte, gedachte sie ihn auch zu gebrauchen. Sie erzählte der Dentalhygienikerin ziemlich viel über die Geschehnisse der vergangenen Nacht. Während der Zahnsteinentfernung, des Polierens, des Ein-bisschen-weiter-auf und des Ein-Stückchen-mehr-zu-mir quasselte Imogene in einer Tour.
Nach der letzten Spülung ergriff die Hygienikerin das Wort.

157.
»Hä?«, sagte sie.

158.
»Was haben Sie gesagt?«

159.
»Haben Sie was gesagt?«

160.
»Ich dachte, ich hätte Sie was sagen hören.«

161.
Wally ließ sich die Haare schneiden. Dabei ging es ihm gar nicht um seine Haare. »Sie ist die Richtige«, sagte er zu Elsie, während sie schnippelte. »Sie ist die Nummer eins für mich.«
»Das sagst du immer«, antwortete Elsie. »Eigentlich dürfte man dich diese Zahl überhaupt nicht mehr benutzen lassen. Vielleicht fängst du besser bei sieben an.«
»Diesmal ist es anders«, sagte Wally.
»Zappel nicht so«, sagte Elsie. »Das Ding, das ich in der Hand habe, ist scharf.«
»Imogene ist meine große Liebe.«
»Das hast du bei Wie-heißt-sie-noch-gleich auch gesagt.«
»Bei der? Hab ich nie gesagt, dass ich sie liebe. Wie hieß sie noch gleich?«

162.
Susan.

163.
Wally wusste es nicht. Sie dürfen ihn nicht überschätzen. Patty wusste es. Für Belanglosigkeiten hat sie ein perfektes Gedächtnis.

164.
Gehen wir noch einmal zurück. Schnell jetzt, kehrt marsch!

165.
Es war einmal ein armer Schuster, der lebte mit seiner Frau am Waldesrand.

166.
Nein, nicht *so* weit zurück. Ein paar Stunden reichen.

167.
Tatsache: Nichts währt ewig – noch nicht einmal nichts. Und so geschah es, dass bald doch wieder etwas geschah. Wally hatte Imogene unter dem Vorwand, er sei sowieso in der Gegend – was per definitionem ja auch stimmte –, einen unangekündigten Besuch abgestattet. »Du störst nicht«, sagte Imogene, die gerade Socken stopfte.
Wally blieb über Nacht – und was für eine Nacht es wurde! Allerdings gehört dieses Buch nicht zu denen, die jedes noch so unappetitliche Detail in epischer Breite auswalzen. Was für ein Jammer. Wäre es nämlich eines von jenen, würde Patty nicht bescheidener wohnen als Imogene.

168.
Vom Blinzeln einmal abgesehen, machte Wally in jener Nacht kein Auge zu. Seine gesamte Aufmerksamkeit galt Imogene, die tief und fest zu schlafen schien. Und doch war Wally am folgenden Tag der Frische, Ausgeruhte, während Imogene sich wie erschossen fühlte. Wie hätte das wohl Ron de Jean erklärt, der große Schlafforscher?

169.
Die Frage ist nicht rhetorisch gemeint.

170.
Trotzdem wird Patty sie nicht beantworten.

171.
Die junge Frau, die sich am nächsten Morgen in der U-Bahn dicht an Wally schmiegte, arbeitete als Outfitberaterin bei Modeshootings, mit dem Spezialgebiet Windeffekte – sowohl natürliche als auch künstlich erzeugte –, verstand sich aber augenscheinlich ebenfalls darauf, bei Flaute eine blendende Figur zu machen. Wovon Wally allerdings nichts mitbekam, befand er sich doch noch in einem Taumel der Verzückung. Er erzählte ihr alles über Imogene. Wodurch sich die junge Frau nur noch mehr für ihn zu interessieren schien.

172.
Wally stieg an der nächsten Haltestelle aus, ohne sich auch nur noch ein einziges Mal umzusehen.

173.
Das Leben ist ungerecht.

174.
Hier eine Liste derer, denen Wally außerdem von Imogene erzählte: der Frau, die an der Ampel darauf wartete, dass es grün wurde, dem Mann am Zeitungskiosk, der Frau aus der chemischen Reinigung, dem Lieferjungen, dem Mann, der bei ihm anrief, aber eigentlich bei Wee Lae Fong (eine Ziffer daneben) Schweinefleischbällchen bestellen wollte, Derek.
Einem Hund in einem Fahrstuhl.
Der Frau, die neben ihn gequetscht im Bus saß und die Bibel las, erzählte Wally es nicht. Sie musste schließlich fürs Jenseits büffeln.

175.

»Wehe«, sagte Imogene, ein paar Sekunden bevor Erna Gilfeather ihnen die Tür zu ihrem zweistöckigen Einfamilienhaus öffnete, »wehe, du verrätst meiner Mutter, dass du mich nackt gesehen hast.«

»Und wenn sie mich foltert?« Wally knuffte Imogene verspielt in die Rippen.

Imogene drückte die Schultern durch und strich sich eine Haarsträhne aus der Stirn. »Sag ihr bitte auch nicht, dass ich ihre Granatohrringe verloren habe.« Wally stellte pantomimisch dar, dass seine Lippen versiegelt seien.

»Und kein Wort darüber, dass ich vergessen habe, zur Wahl zu gehen«, sagte Imogene, »oder dass ich die Jeans noch nicht weggeworfen habe, obwohl sie mir dauernd damit in den Ohren liegt, oder dass ich verschließbare Plastikbeutel mehrmals verwende, im Kühlschrank Textilfarben aufbewahre, Alkohol konsumiere, mir ein Muttermal habe biopsieren lassen, nachts mit der U-Bahn fahre, Tante Anne keinen Dankesbrief geschrieben, eine ganze Woche lang ihre Seidenblumen gegossen und gegen das Urheberrecht verstoßen habe.«

»Können wir in deinem alten Kinderzimmer schlafen?« Wally schlang beglückt den Arm um seine Geliebte.

»Wehe, du fasst mich an, wenn sie dabei ist.« Imogene entzog sich ihm. »Und wehe, du siehst mich an.«

Die Tür ging auf. »Happy Thanksgiving«, sagte Mrs. Gilfeather und drückte ihrer Tochter ein Küsschen aufs Ohrläppchen. »Wie war der Verkehr, Doug?«, fragte sie Wally. Der hielt es für gescheiter, sie nicht zu korrigieren.

176.

Nachdem sie Wally gewarnt hatte, was für eine Nervensäge ihre Mutter sein konnte, war Imogene richtiggehend enttäuscht, dass

der Besuch, von dem explodierenden Truthahn einmal abgesehen, dann doch nicht zum Fiasko geraten war.
»Deine Mutter ist gar nicht mal so übel«, sagte Wally auf der Rückfahrt nach New York.
»Geht's nicht auch 'ne Nummer kleiner mit der Großmut?«, sagte Imogene.

177.
Halt, stopp, brr. Ihnen, der (beziehungsweise die) Sie sich so wacker bemüht haben, in Wallys und Imogenes oft plan- und achtlos erzählter Geschichte* den Faden nicht zu verlieren, ist dabei möglicherweise ein Detail entfallen, das wir hiermit dem Vergessen entreißen wollen.
Die Zeit: vor einhundertsiebenundvierzig Kapitelchen. Der Ort: die First Annual International Silhouette Lingerie Awards-Verleihung. Bei einem Model wurde die dissoziative Droge Ketamin gefunden. Sie trug sie am Körper.
Ketaminkonsumenten berichten von Gesprächen mit Höheren Mächten und Heilbutten. Relevanter ist jedoch die Tatsache, dass die Droge illegal ist. Noch relevanter: Die Droge konnte bis in das Labor zurückverfolgt werden, in dem Wally Yez soeben gekündigt hat.
Wollen Sie wissen, wer diese Information besonders relevant fand? Die beiden Polizisten, die bei Wally auf der Fußmatte stehen.

178.
Nachdem Imogene von der Schlaflosigkeit endgültig den Kanal voll hatte, schaute sie sich im Vorfrühstücksfernsehen die

* Sie denken, *Sie* haben Probleme? Meinen Sie etwa, es war für Patty einfach, sich diesen Faden zusammenzuspinnen?

Gerichtsreportage in den Lokalnachrichten an. Wally schien ihr gar nicht der Typ für so etwas zu sein. Aber war es nicht typischerweise immer der Typ, der gar nicht der Typ zu sein schien? Und war es von den Lokalnachrichten nicht auch ein bisschen voreilig, Namen zu nennen? Oder gar verfassungswidrig? Andererseits neigt Imogene dazu, alles, was sie konsterniert, als potenziellen Verstoß gegen die Verfassung einzustufen. Die sie mit der Unabhängigkeitserklärung verwechselt. Die sie mit der Bill of Rights verwechselt. Von den Konföderationsartikeln ganz zu schweigen. Die vielleicht dasselbe sind wie die Federalist Papers – oder auch nicht.

179.
Das Wort *konsterniert* konsterniert Imogene nicht.

180.
So viel weiß Imogene genau: Bis zum Beweis der Schuld gilt die Unschuldsvermutung. Doch sie weiß ebenfalls: Wo Rauch ist, ist auch Feuer. Plus: Erst wägen, dann wagen. Nicht zu vergessen: Vorsicht ist besser als Nachsicht. *C'est la vie.*
Wieder einmal stand Imogene ahnungs- und herzlos da. Um den wahren Sachverhalt herauszufinden, hätte sie nur zum Telefon greifen müssen. Aber die Wahrheit ist kein Trost, bringt sie doch beispielsweise Folgendes ans Licht: die Bemerkungen der anderen, nachdem man das Zimmer verlassen hat, einen Aufriss der Bakterien auf dem Hotelkopfkissen, die Identität des eigenen leiblichen Vaters, die harten Fakten über den Schatten, den der Arzt bei der Prüfung der MRT-Schnittbilder übersehen hat, wie man von hinten aussieht.
Würden Imogene oder Wally die Wahrheit kennen, fände dieses Büchlein ein abruptes Ende.

181.
Ende. Aus. Schluss. Punkt.

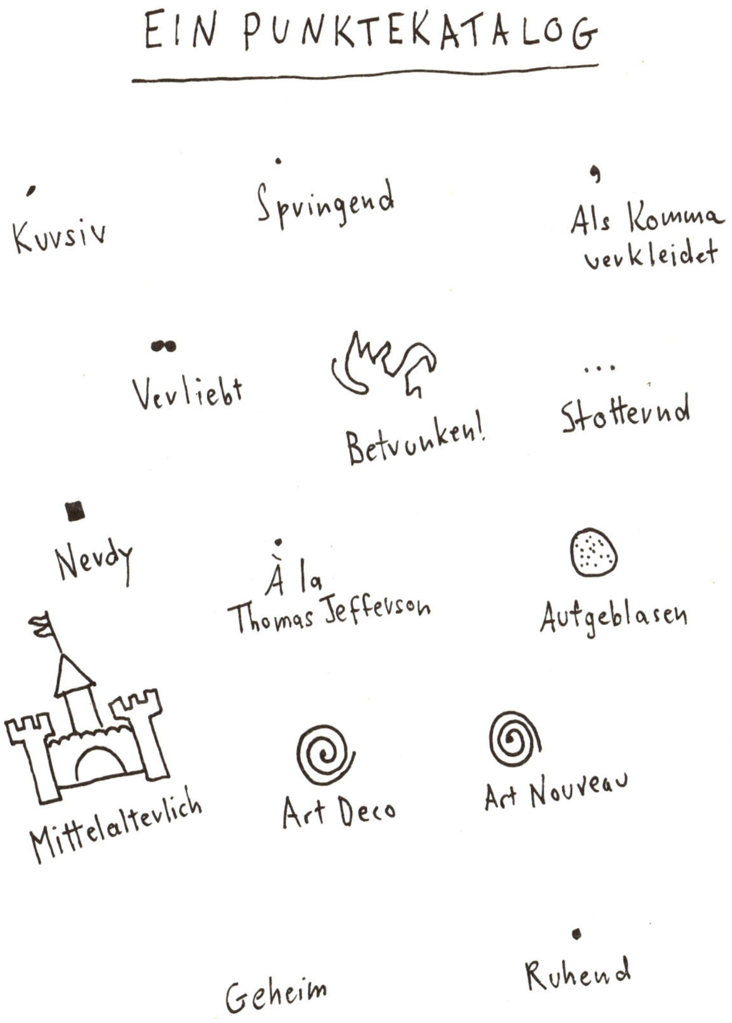

182.

Nein, nein, nein. Es ist bloß so: Von den ersten Anfängen dieses Projektes an lastete die bange Ahnung auf Pattys Seele, dass früher oder später das Ende kommen muss. Nachdem aber das gespannte Warten auf diese Worte nun hinter uns liegt, können wir in aller Gelassenheit fortfahren. Denn es gibt noch viel zu erzählen.

Ach ja. Da wäre noch etwas, das Patty bedrückt – falls sie noch einmal stören darf. Seit Kapitelchen 168 sorgt sie sich, dass entscheidende Fakten vergessen worden oder verblasst sein könnten. Deshalb an dieser Stelle eine Zusammenfassung.

183.

Imogene Gilfeather. Featherware Dessous. Saks Fifth Avenue. Wally Yez. Ärger mit Gwen. Ron de Jean. Verheiratet. Wally wirbt um Imogene. Imogene hat keine Zeit. Assistentin ist Harriet. Inventur machen. Unterwäsche verkaufen. Haare trocknen (Imogene). Wally noch verliebter. Elsie, Friseurin, kennt das schon. Stuffy, Exschildkröte, gewinnt Preis. (Kriech, Stuffy! Kriech!) Imogenes Mutter schon wieder Gänsefüßchen oben, Gänsefüßchen unten, krank. Derek sagt: »Wally, verabrede dich mit Beenish Asif.« Beenish Asif und Wally trinken Courvoisier V.S.O.P.. Wally und Imogene essen Hot Dog. Wally und Imogene mailen. Sie telefonieren. Patty schreibt *infinitesimal* richtig. Wally schläft bei Beenish Asif. Probleme in Ron de Jeans Schlaflabor. Ron schläft bei Imogene. Gwen schläft mit Leonard. Schläft Ron de Jeans Frau mit dem »Jäger«? Wally schläft bei Imogene. Imogene sagt zu Wally: »Nur du allein.« Wally schläft nicht. Hitzeindex hoch. Wally kündigt im Vestibolospinalreflexlabor. Imogene schläft nicht. Auweia – Ketamin.

184.
Patty muss leider vermelden, dass sich alles zum Besseren entwickelt, was es für sie als Romanschriftstellerin noch schwieriger macht. Die Ketaminkanaille wurde gefasst – eine Yale-Studentin, die in Wallys Labor eingebrochen war, um sich auf diesem Weg ein Auslandssemester zu finanzieren.

185.
Darüber hinaus lagern Wally und Imogene auf Imogenes Fauteuil*. (Im Sitzen.)
Stunden früher: Imogene erwähnte am Telefon, dass sie ihre Messer ausrangieren wolle, weil sie unschärfbar stumpf seien. Wally packte die Gelegenheit beim Schopf und schleppte postwendend seine gesammelten Wetz-, Schleif- und Abziehsteine an.

186.
Wenn Sachen von einer Wohnung in eine andere wandern, hat das eine tiefere Bedeutung. Oder etwa nicht?

187.
Doch.

188.
Nachdem Wally die halbe Nacht vergeblich versucht hatte, dem Hackebeilchen den letzten Schliff zu geben, legte er den Polierstein weg und den Arm um Imogene. »Ich sage ja immer, Zeit

* Kein Mensch weiß, wie man das Wort ausspricht, und noch viel weniger, was sich dahinter verbirgt.

ist Geld«, sagte er, »dabei stimmt das überhaupt nicht.« Und sie lagerten sich wieder auf den Fauteuil. (Zum Sitzen?)
»Sei mal einen Augenblick still.« Wally legte Imogene die eine Hand auf den Kopf und ließ die andere umherstreunen, bis sie auf Imogenes Brust zu liegen kam – soweit davon die Rede sein konnte. »Willst du wissen, wie ich mich fühle?«, fragte Wally.

189.
Hoffentlich nicht wie im Endstadium, dachte Imogene.
»Ich hab das Gefühl, dass ich nicht länger ohne auskommen möchte«, sagte Wally.
Ewigkeitsstadium, dachte Imogene. »Weißt du, warum ich mir keine Ohrlöcher stechen lasse?«
Wally wusste es nicht.
»Weil mir das zu endgültig ist«, sagte Imogene. Wally nickte mit dem Kopf. Sie schwiegen sich eine Weile an.
»Du solltest dir eine Liste mit meinen ganzen Schwächen anlegen«, sagte Imogene schließlich.
»Hab ich doch längst«, sagte Wally.
Trotz allem hatte es die Nacht auf dem Fauteuil in sich.

190.
Als Wally am nächsten Morgen gegangen war, überlegte Imogene, ob sich das Hackebeilchen vielleicht für ein überbackenes Thunfischsandwich eignen würde.

191.
Von Imogene aus begab Wally sich schnurstracks zu Derek, um von seiner Großtat zu schwärmen und seinem Freund bei der Installation einer drahtlosen Webcam zu helfen, mit der er, wenn

er nicht zu Hause war, das Wachstum seiner Tomatenpflanzen überwachen wollte. »Du hattest die Hand drauf, und du hast nicht geguckt?«, fragte Derek ungläubig.
»Auf so was achte ich nicht«, sagte Wally, während er für die Webcam eine statische IP-Adresse auf Dereks heimischem Intranet einrichtete.
Für diejenigen, die genauso neugierig wie Derek, aber höflicher sind und sich deshalb nicht zu fragen trauen, folgt hier eine Beschreibung der Unterwäsche, die Imogene in jener Nacht auf dem Fauteuil an- beziehungsweise nicht mehr anhatte: eisblauer Frontverschlusshalbschalen-BH aus Brüsseler Spitze, farblich darauf abgestimmte und mit einem niedlichen Schleifchen verzierte Boxershorts – eine Garnitur aus der Boy-Meets-Girl-Kollektion.

192.
Stil # 65.

193.
Grundmodell.

194.
Derek, der arme Voyeur, wird nie etwas davon erfahren. Aber vielleicht findet er Trost in dem Wissen, was genau sich in seinem Gemüsereich tut.

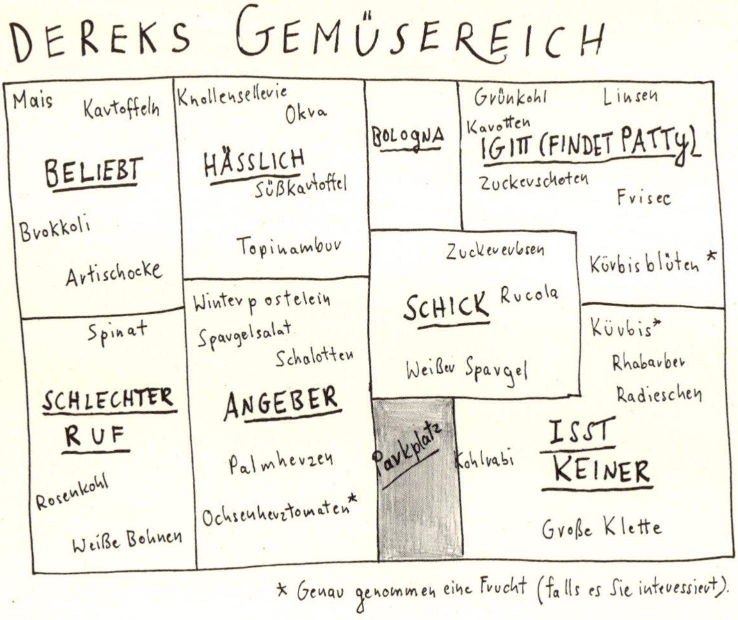

195.

Mann, o Mann, o Mann, o Mann. Saks Fifth Avenue.

Nachdem Wally sich an jenem Morgen verabschiedet hatte, klingelte das Telefon. War es Wunschdenken? Selbstvertrauen? Oder nur schlechtes Ratevermögen? Egal, worauf man es schieben möchte, Imogene ging auf jeden Fall mit hundertprozentiger Sicherheit davon aus, dass der Anruf von Wally kam. Bevor noch das erste Hallo gewechselt war, sagte sie in einem Ton, in dem nicht einmal halb so viel erotischer Schwung lag, wie sie mitschwingen zu lassen beabsichtigt hatte: »Na, suchst du deine Boxershorts?«

196.

Der Anrufer kicherte. »Eigentlich suche ich *Ihre* Boxershorts.«

»Wie bitte?«, sagte Imogene.

Es war Donald Charm von Saks Fifth Avenue. Mr. Charm hatte in der Schaufensterdekoration der Blue Tree Boutique in der Madison Avenue einen Featherware-Satinslip über einem Blaubeerstrauch hängen sehen.
Ob Imogene morgen zu ihm ins Büro kommen könne, um ihm ihre Frühjahrskollektion vorzulegen?
»Halleluja«, dachte Imogene.

197.
Und dann dachte sie: »Ich hab ja gar keine Frühjahrskollektion.«

198.
Zum Thema Dichtung und Wahrheit:
Imogene wollte am Abend ihre Musterteile auf Vordermann bringen. Als Wally sie zu einer Löffelbiegershow einlud, sagte sie, es tue ihr sehr leid, aber sie habe andere Pläne.

199.
Dass es ihr leidtat, war nicht gelogen.

200.
»Man sollte nie Pläne machen«, sagte Wally ernst.
»Warum nicht?«, fragte Imogene.
»Weil es einem dann jederzeit freisteht, Pläne zu machen«, sagte Wally.
Ob Imogene auf den Gedanken kam, Wally die Wahrheit zu sagen?

201.
Nein.

202.
Imogene arbeitete die ganze Nacht durch, um das Wäschepaket für Donald Charm fertigzubekommen. Besonders stolz war sie auf ihre »Fest- und Feiertagsdessous«, darunter beispielsweise das Oster-Höschen, den Pessach-m*OH!*ses-BH oder die April-April-Netzstrumpfüberraschung.

203.
Um die Präsentation möglichst glatt über die Bühne zu bringen, bügelte sie jedes einzelne Stück von Hand.

204.
Denn nichts widerstrebte ihr mehr als Falten und Knitter.

205.
Donald Charms Assistentin, eine alberne junge Schnepfe, die damit beschäftigt war, sich Kaugummi aus den Haaren zu pulen, als Imogene hereinkam, knautschte ihre Meisterwerke der Bügelkunst in einen Fed-Ex-Karton. »Sorry«, sagte sie. »Aber in Sachen Bademoden braut sich gerade ein Unwetter zusammen. Mr. Charm musste brandeilig nach Korfu verreisen.«
Imogene war enttäuscht, doch sie ließ es sich nicht anmerken. Das wäre unter ihrer Würde gewesen.
»Man sieht sich«, sagte die Assistentin. »Beziehungsweise Mr. Charm meldet sich dann per Mail bei Ihnen.«

206.
Bevor irgendjemand wusste, wie ihm geschah, gründeten Imogene Gilfeather und Wally Yez ruck, zuck und in null Komma nichts einen gemeinsamen Hausstand. Auch wenn von »Haus« nicht die Rede sein konnte, handelte es sich doch um Imogenes Zweieinhalbzimmerwohnung mit umlaufender Terrasse. Was Ihnen – und ihnen – mal wieder zeigt, dass das Unvorhersehbare und das Vorhersehbare im Leben stets Hand in Hand gehen.

207.
Wallys Hab und Gut passte nicht zur Gänze in das Ambiente von Imogenes Wohnung. Was nicht passte, wurde in sein Zweitdomizil ausgelagert.

208.
Wally besitzt ein Zweitdomizil?

209.
Nicht ganz – eher einen Lagerraum in Long Island City.

210.
Nein. Noch eher einen Container. Aber genau wie ein Zweitdomizil besaß auch Wallys Container ein Schloss.

211.
In Kapitelchen 210 reichte der Platz nicht aus, um den Inhalt von Wallys Container aufzulisten.
Wollen wir es hier und jetzt nachholen? Tut mir leid, aber 211

platzt vor Absurditäten auch so schon aus allen Nähten: Patty prozessiert nämlich momentan um die Genehmigung, Mr. Yez' Eigentum zu inventarisieren. Wallys Anwältin, die leider keine fiktive Gestalt ist, vertritt den Standpunkt, man dürfe ihren Mandanten nicht des verfassungsmäßig garantierten Schutzes der Privatsphäre berauben, nur weil er, der Kläger, Gänsefüßchen unten, Gänsefüßchen oben, nicht existiert.*
Welches verfassungsmäßige Prinzip hier greift, ist nicht ganz klar. Zumindest Pattys Anwalt nicht.

212.
Allerdings wurden einige von Wallys Sachen neben dem Container gefunden, befanden sich also offensichtlich auf öffentlichem Grund und Boden. Deshalb ist es das gute Recht der Autorin, sie zu dokumentieren. Es handelte sich unter anderem um Koaxialkabelreste, eine Spielzeugschildkröte für Stuffy, einen defekten Motor, von dem Wally sich aus heuristischen Gründen nicht trennen wollte, einen dekorativen Flammenwerfer, eine Kopie des Films *Die Zukunft des Schlafanzugs* von 1920, einen Karton mit dem Klebeetikett »Bindfäden, die das Aufheben nicht lohnen« und einen dicken Wälzer mit dem Titel »Einfrieren leichtgemacht«.

213.
Frisch zusammengezogen, taten Imogene und Wally, was alle Frischzusammengezogenen tun. Sie staunten, dass sich ihre Schicksalswege überhaupt je hatten kreuzen können. Wie hoch war wohl die Wahrscheinlichkeit, sagten sie, dass sie zur sel-

* Der Richter, der die Sache *Marx versus Yez* verhandelt, soll erst kürzlich gesagt haben, dass ihn Pattys Geschichte aufs Bezauberndste an viele andere (durch und durch legale) Geschichten erinnert. Beispielsweise an *Don Quixote*.

ben Abschiedsfeier eingeladen waren?! Und beide in der Apfelkuchenschlange standen?! »Stell dir vor, ich wäre auf Apfelkuchen allergisch!«, sagte Wally. »Stell dir vor, Ron de Jean hätte darauf bestanden, dass wir, also er und ich, die Feier schon vor dem Dessert verlassen!«, sagte Imogene. Auf diese Möglichkeit ging Wally gar nicht erst ein – es verstörte ihn zutiefst, dass im Leben seiner Geliebten irgendwann auch andere Menschen eine Rolle gespielt haben sollten.

»Immy, überleg doch mal, wenn ich in Kanada geboren wäre«, sagte Wally. »Oder im achtzehnten Jahrhundert.«

Immer wieder ergingen sich Wally und Imogene in Reminiszenzen an das Aufblühen ihrer jungen Liebe. In allen Einzelheiten (siehe Kapitelchen 1, 3, 7, 8, 10, 12, 16, 17, 20, 26, 27, 28 usw.). Sie fragten einander: Wie fandest du es, als ich dieses gesagt habe, was dachtest du, was passieren würde, als jenes passiert ist, hättest du je gedacht, dass es mich gibt?

214.

Sie glänzten mit Randbemerkungen.

215.

Wurden zu Sachverständigen ihrer selbst.

216.

Zu Geschichtenerzählern ihrer eigenen Geschichte.

217.

Sie versuchten, voneinander zu träumen. Wally mit Erfolg. Sie gewöhnten sich an einen ungeregelten Tagesablauf. Imogenes war ungeregelter. Sie gingen ins Kino und achteten nicht darauf, was über die Leinwand flimmerte. Sie gingen einkaufen und brachten die falschen Tüten mit nach Hause. Sie schrieben einander Zettel und deponierten sie an den merkwürdigsten Stellen – im Medizinschrank, im Briefkasten, in der Butterdose, in wiederverschließbaren Plastikbeuteln, in Socken. Sie probierten unterschiedliche Kosenamen aus. Alle klangen zu unnatürlich. Sie sagten, wir müssen uns Zeit lassen, nur Geduld, die richtigen Namen werden uns schon noch einfallen.

218.
Sie mochten beide Brokkoli.

219.
Sie benutzten beide Druckbleistifte (zwar nicht vom selben Hersteller, aber immerhin).

210.
Über Küchentücher waren sie sich einig.

221.
Weder er noch sie hatte als Kind einen Hund oder Mumps gehabt.

222.
Beide hatten eine Mutter, die lange aufblieb, und einen Vater, der früh zu Bett ging.

223.
Sie waren beide noch nie in Istanbul gewesen.

224.
Wie ähnlich sie sich doch waren! Fast schon gespenstisch, fanden sie.
Sie sah ihm gern dabei zu, wenn er Jazz hörte. Er konnte die Augen nicht von ihr losreißen, wenn sie mit einer ganz bestimmten Haarsträhne spielte. Sie war mittlerweile zu der Ansicht gelangt, dass er die schönsten Fingernagelhalbmonde besaß, die ihr je begegnet waren. Er fand es hinreißend, wie sie die Beine übereinanderschlug. Wenn sie das Wort *Erdbeere* in den Mund nahm, durchzuckte es ihn jedes Mal wie ein Stromstoß. Sie hatte eine Schwäche für seinen leichten Überbiss.
Nein, sie konnten voneinander nicht genug bekommen. Keiner von beiden kannte bereits alle Anekdoten des anderen.
Und wenn sie – allein – mit Freunden zusammen waren, lenkten sie das Gespräch mit sanfter Gewalt bis zu dem Punkt, an dem sie beispielsweise einwerfen konnten: »Wally hat eine Tante, die Spionin war.« Oder: »Apropos, Imogene hat mal in einem Buch aus der Bücherei einen Brief von Daniel Patrick Moynihan gefunden.«
Und immer gab es etwas zu feiern! Den Fünfmonatstag ihrer ersten absichtlichen Berührung, den Dreimonatstag ihrer ersten gemeinsamen Fahrt in einem öffentlichen Verkehrsmittel, den Zweitagestag des Moments, da sie einander das erste Mal mit nassen Haaren erblickten, den Siebenmonatsdreiwochenzweitagesvierstundentag der Sekunde, in der es Wally wie Schuppen von den Augen gefallen war.
Sie schwelgten in Erinnerungen an den soeben verstrichenen Augenblick.

225.
Tage des Glücks. (Alles klar?)

226.
Sie waren so glücklich, dass sich ihre Freunde von ihnen fernhielten.

227.
Wer wurde zuerst unglücklich (Patty nicht mitgezählt)?

228.
Wie üblich findet sich – buhu – die Antwort nicht im Haiku:

Der Tulpen Blätter
Zikadensang im Mondschein.
Schäb'ge Sandalen?

229.
Dann vielleicht in der Himmelsschrift?

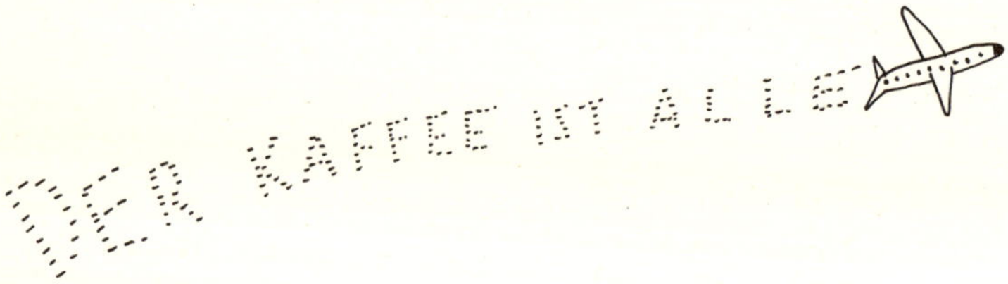

230.
In anderen Stadtteilen heiratete der Sohn von Mrs. Schine die falsche Frau, fiel Mr. del Gaizo der Schlüsselbund durch ein U-Bahn-

Gitter, erbte Victoria R. Pepall weniger, als sie sich aus dem Nachlass erhofft hatte, wurde Suzzy Hamblens edle Bettwäsche durch taiwanesische Wärmflaschen ruiniert, vergaßen Jungmimen bei Schulaufführungen ihren Text, weigerten sich Kellner, etwas anderes zu bringen, harmonierten Subjekte und Verben nicht (vorsichtig ausgedrückt), starben Frösche, Bienen auch, war das Leben, verdammt noch mal, kein Wunschkonzert (auch nicht für Patty).

231.
Es geht bergauf.

232.
Streckenweise.

233.
Für andere.

234.
»Er hat mir einen Heiratsantrag gemacht«, sagte Imogene zu Harriet. Imogene und Harriet machten Überstunden. Sie tüftelten an den Prototypen für die neue Featherware Care-Kollektion.
»O Gott, o Gott, o Gott, sollten wir das nicht feiern, mit Champagner oder einem Omelette?«, rief Harriet, wovon Imogene, die mit äußerster Konzentration einen Streifen aus schwarzem Elastan über das Gesäß einer Schaufensterpuppe spannte, kein Wort mitzubekommen schien.
»Hast du die Schere gesehen?«, fragte sie und blickte sich suchend um. »Gerade war sie doch noch da.«

»Bitte schön.« Harriet reichte ihrer Chefin die Schere. »Wann hat er dir den Antrag gemacht? Los, ich will alles wissen.«
»Heute Morgen, während ich mir die Zahnzwischenräume gereinigt habe.« Imogene schnippelte an dem Elastan herum, bis von dem Streifen nur noch ein Hauch von Nichts übrig war, den sie der Puppe um die Taille wand.
»Wie romantisch«, sagte Harriet. »Hat er angeklopft, oder ist er einfach ins Bad gekommen, hat dich angeschmachtet, während du mit der Zahnseide zugange warst, und du wusstest sofort Bescheid?« Harriet führte sich immer gern das große Ganze vor Augen.
Imogene erinnerte sich höchstens an die Hälfte. Sie krempelte millimeterweise die Beinränder des Slips hoch. »Voilà! Der Antitanga«, verkündete sie stolz. »Was meinst du? Wird es nicht höchste Zeit, dass wir Frauen die Nähte unserer Unterwäsche akzentuieren, statt sie zu kaschieren?«
»Da könntest du Recht haben«, sagte Harriet. »Und was hast du Wally geantwortet? Ja, oder?«
»Erst habe ich in Ruhe meine Zahnzwischenräume zu Ende gereinigt, und dann habe ich nein gesagt.«

235.
Imogene legte letzte Hand an ihre Kreation. »Wir könnten die Säume natürlich auch noch mit Paspeln versehen«, bemerkte sie.
»Oder sogar mit Zackenlitze!«, sagte Harriet.

236.
Imogenes Telefon klingelte. Es war Wally.

237.
Er hatte einen Origamiunfall erlitten.
»Und warum rufst du mich da an?«, fragte Imogene – nicht genervt, bloß neugierig. »Willst du dir nicht lieber ein Pflaster holen?« Mit einer Geste gab sie Harriet zu verstehen, dass das Gespräch nicht lange dauern würde. Zu Wally sagte sie: »Die Heftpflaster liegen im Badezimmerschränkchen, unterstes Fach.«
»Ich wollte nur deine Stimme hören«, sagte Wally. »Sie ist wirklich tief.« Er meinte seine Wunde.
»Was ist tief?«, fragte Imogene beklommen. Der Deutungsmöglichkeiten waren gefährlich viele.
Zum Glück hatte ihr Serapi-Teppich eine braunrote Grundfarbe.
»Wal, meine Stimme hilft dir auch nicht weiter. Ich finde, du solltest sofort deinen Finger verarzten.« Imogene signalisierte Harriet *Sorry!*.
»Ich dachte ja auch nicht, dass du mir helfen kannst«, sagte Wally. »Aber es tut gut, wenn ich mit dir reden kann. Es wirkt schmerzlindernd. Darf ich dir erzählen, was mir heute schon für Gedanken über dich gekommen sind?«
»Kannst du sie nicht aufschreiben?« Imogene zeigte auf das Neckholder-Bustier in Harriets rechter Hand, weil die Abnäher an dem Neckholder-Bustier in ihrer Linken keinem Busen zum Vorteil gereichen würden.
»Aua«, sagte Wally.

»Soll ich dich ins Krankenhaus bringen?«, fragte Imogene, die lieber half als linderte.
»Nein, danke«, antwortete Wally. »Jetzt ist es kein Notfall mehr.«
Sie beendeten das Gespräch. Trotz allem tief gerührt, ging Imogene wieder zur Tagesordnung über. Ob Wally die Gedanken, die er sich über sie gemacht hatte, wohl von den Lake Poets abgekupfert hatte?
(Kleiner Geheimtipp am Rande: Tapiokapudding mit einer Prise gemahlenem Ingwer kann bei Teppichen Wunder wirken.)

238.
Am nächsten Morgen sagte Wally, der beim Frühstück saß, zu Imogene, die auf dem Teppich kniete: »Könntest du bitte keine toxischen Substanzen versprühen, während ich esse?«

239.
Ziemlich genau mitten in der Nacht stupste Imogene Wally wach.
»Ich muss dir etwas sagen«, sagte sie. »Es ist sehr wichtig.«
Wally drehte sich mit einem Lächeln zu ihr um. »Ja?«
»Ich glaube, so etwas wie einen Kompromiss gibt es nicht«, sagte sie. »Das ist doch bloß der Nichts-für-ungut!-Schmu des Siegers gegenüber dem Verlierer.«
Wally zog Imogene an sich. »Wir teilen uns die Kompromisse fifty-fifty«, sagte er. »Ohne Wenn, Und oder Aber.«

Verben, die Patty um ein Haar anstelle von „stupsen" benutzt hätte

Verb	Wahrscheinlichkeit
stochern	3%
stoßen	2%
bohren	3%
boxen	4%
dreschen	5%
schubsen	1%
puffen	6%
beißen	4%
piesacken	3%
trommeln	12%
gackern	1.3%
räuchern	6%
monetarisieren	8%
stipsen	40.7%

240.
Wally und Imogene gelobten, einander alles zu erzählen. Keine Geheimnisse, sagten sie. Auf ewig. Wally sah Imogene schmachtend an. Sie hatten nichts zu sagen.
»Hab ich dir schon mal erzählt, wie ich meine bulgarische Briefmarkensammlung verkauft habe?«, fragte Wally.

241.
Kaum war das Paket da, riss Wally es auf. »Ich kann es nicht fassen, dass du dir die Dinger tatsächlich gekauft hast«, sagte Imogene, die sich theoretisch um ihre eigenen Angelegenheiten kümmerte.
»Ich weiß«, pflichtete er ihr begeistert bei. »Augenblick, was für Dinger?«
»Die da.« Sie zeigte auf die Schachteln mit einzeln verpackten Zahnstochern, die Wally soeben bekommen hatte.
»Genau, was ich mir gewünscht habe!«, sagte er. »Jetzt muss ich sie nie mehr im Restaurant mitgehen lassen.«
»Aber zwölftausend Stück?« Imogene hatte ihre Illustrierte weggelegt, um die Lieferung näher ins Auge zu fassen.
»Sagen wir mal, ich verbrauche fünf Stück am Tag – vorsichtig geschätzt«, überlegte er laut. »Das macht eintausendachthundertundfünfundzwanzig Stück im Jahr.«
»Wally«, sagte sie.
»Meinst du, ich soll noch mehr bestellen?«, fragte er. »Sie haben nur dreizehn Dollar gekostet. So preiswert kriegen wir sie garantiert nicht mehr. Wollen wir eine Million ordern?«
Worauf Imogenes unausgesprochene Antwort lautete, dass es durchaus seine Vorteile hatte, von einem Einbrecher die Wohnung leergeräumt zu bekommen. Wally machte eine Schachtel auf, nahm einen Zahnstocher heraus und drückte ihn Imogene in die Hand. »Wir können sie zu Weihnachten verschenken«, sagte er. »An Leute, die essen.«

Imogene wickelte das Hölzchen aus und hielt es versonnen ins Licht. »Macht wirklich einen sehr solide gefertigten Eindruck.« Wally strahlte. »In den wichtigen Dingen sind wir uns einig«, sagte er und griff nach ihrer Hand. »Willst du mich heiraten?«

242.
Mal ist mehr mehr und mal weniger mehr.

243.
Am selben Tag sagte Imogene beim Abendessen: »Nobodys Kind ist heute an der Uni angenommen worden.« Wally nahm sich Nachschlag. Sie fuhr fort: »Gesetzt den Fall, wir hätten ein Kind. Was meinst du, an welcher Uni es nicht genommen würde?«
Wally legte die Gabel weg. »Unser Kind?«, sagte er. »Mindestens in Harvard!«
Imogene lächelte. Wally reckte sich nach dem Salzstreuer. »Willst du mich heiraten?«, fragte er.
»Warte mal«, sagte sie. »Das Balg aus 12 D hat es an der Tufts auf die Warteliste geschafft.«

244.

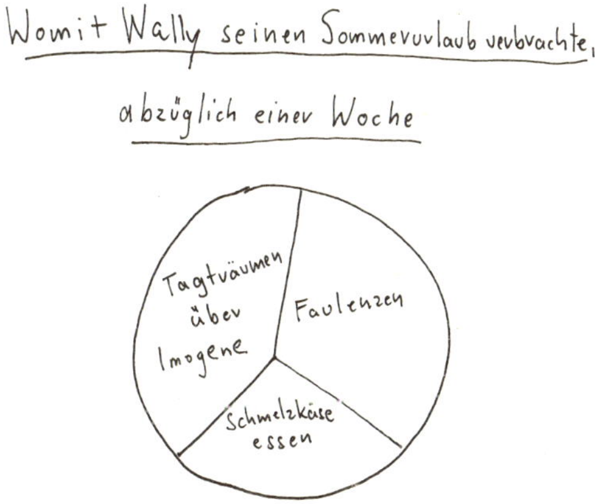

245.

246.

Es folgte die Woche, die sich grafisch nicht darstellen lässt. Imogene und Wally besuchten eine reizende Metropole in Europa. Bis in die Kathedrale schafften sie es nicht, doch sie einigten sich darauf, Freunden und Verwandten zu erzählen, dass sie besonders von den Buntglasfenstern in einem der Nebenräume angetan gewesen seien – wie hießen die noch gleich? Sakristeien? Immerhin fanden sie den Stadtpark. Die Blumen protzten mit ihren Blüten, vor allem der Lavendel. Imogene sah keinen Sinn darin, sich noch länger dort aufzuhalten, nachdem sie sich umgeschaut hatten. Wally ging ins Polizeimuseum und stürmte im Laufschritt durchs Kriegsmuseum – oder umgekehrt? Imogene kaufte inzwischen Spitze ein. Dieses Licht, sagten sie so oft zueinander, dass sie schon befürchteten, nie wieder damit aufhören zu können. Außerdem hing es ihnen zum Hals raus, dieses Licht. Und natürlich aßen sie vorzüglich. Imogene freute sich, dass sie nicht zugenommen hatte. Die viele Lauferei, vermuteten sie. Wie viele metrische Kilos stecken noch mal in einem imperialen Pfund?, fragte sich Imogene. Ach, und zuletzt hätten sie fast den Rückflug verpasst, weil Wally sich ewig nicht entscheiden konnte, ob er die ausländischen Münzen in sein Portemonnaie stecken oder in den Koffer packen sollte. »Das ist doch gehopst wie gesprungen«, sagte Imogene. »Genau darum ist eine Entscheidung ja auch unmöglich«, sagte Wally.

247.
Alles in allem hatten sie eine wirklich schöne Woche.

248.
Wally und Imogene waren immer noch verrückt nacheinander – sogar, als ihnen ihr Gepäck abhandenkam. Während sie darauf warteten, dass der Flughafenmitarbeiter mit dem Gepäckverlustanzeigeformular zurückkam, nahm Wally Imogenes Hand. »Hast du eine Vorstellung, wie kurz davor ich stand, die Münzen in meinem mittelgroßen Weichschalentrolley zu verstauen?«, fragte er, auf das Poster mit den Koffertypen zeigend, deren man verlustig gehen konnte.

249.
Als Wally und Imogene wieder zu Hause waren, wollten alle von ihnen wissen, ob sie gutes Wetter gehabt hätten. »Es hat geregnet«, antwortete Imogene. Was nicht gut ankam. Nach der Kathedrale fragte keiner. Vielleicht waren alle zu bestürzt über die meteorologischen Verhältnisse.

250.
Imogene war mit ihren Gedanken immer noch woanders.

293.
Patty meinte eigentlich 251. Aber Patty findet, 293 klingt hübscher.

294.
Nur so ein Gedanke: Könnte es sein, dass Patty, der Ihr Lesevergnügen am Herzen liegt, heimlich, still und leise die Kapitelchen gelöscht hat, in denen mit besonderer Detailversessenheit geschildert wird, wie Imogene und Wally Schränke ausputzen, ihre Reisepässe verlängern und den Gefrierschrank abtauen, obwohl moderne Geräte so etwas angeblich nicht mehr nötig haben, wie sie einen Liter halbfette Milch kaufen, sich verfahren, an der roten Ampel stehen, die Werbung vorspulen, am Regler drehen, falsch verbunden sind, in der Warteschleife warten, hallo auf Wiederhören, Knöpfe knöpfen, Reisverschlüsse schließen und an ihren Händen schnuppern?
Oder hat Patty sich womöglich auf Zehenspitzen an irgendwelchen Unannehmlichkeiten in Kapitelchen 251-292 vorbeigemogelt?
Die nüchterne Wahrheit: Patty meinte 293. Nummerieren ist schwieriger, als man denkt. Genau wie alles andere auch.

295.
Wally Yez und Imogene Gilfeather lebten monatelang unter einem Dach, bis eines Tages ein Jahr vergangen war.

296.
Und so ging es weiter.

297.

(Das folgende Kapitelchen wurde mit dem Hyundai-Preis 2011 ausgezeichnet. Er wird zweijährlich für das herausragendste literarische Werk verliehen, das beim Autofahren geschrieben und überarbeitet wurde.)

Und so weiter, und so weiter, und so weiter.

298.

Wally wollte ihren Jahrestag mit einer für Imogene unvergesslichen Überraschung feiern, aber bis ihm dieser Beziehungsmeilenstein wieder einfiel, war die Verjährungsfrist für Jahrestage längst abgelaufen. Und wenn Wally ein derart denkwürdiges Datum vergessen kann, ist niemand mehr sicher.

299.

Es folgt die Niederschrift eines Gesprächs, das kurz nach Kapitelchen 298 in Imogenes und Wallys Wohnzimmer stattfand.

300.

IMOGENE: Wolltest du nicht den Müll rausbringen?

WALLY: Ich verrate dir ein Geheimnis. Wenn du willst, dass ich den Müll rausbringe, musst du ihn neben die Wohnungstür stellen.

IMOGENE: Das ist dein Geheimnis?

WALLY: Ja. Also verrate es keinem, sonst stellen alle ihren Müll neben die Tür.

IMOGENE: Wally!

WALLY: Ja?

IMOGENE: Ich mache jetzt Toast, lese die Zeitung, räume die

Spülmaschine aus und feile mir die Nägel. Würdest du in der Zwischenzeit den Müll rausbringen?
WALLY: Das ist der Unterschied zwischen dir und mir. Du bist eine Frau der Tat, und ich bin eher ein Mann des Täte.

301.
Und eines Nachts wurde die Verrückte aus 7 G mit dem Krankenwagen abgeholt – auf Nimmerwiedersehen. Imogene zog Erkundigungen ein.

303.*
Für die Wohnung lagen bereits drei Kaufgebote vor.
(Ich bitte Sie, wir sind hier schließlich in New York!)

CCCIV.
Und nicht in Rom.

305.
Wally reparierte das Dingsbums im Fernseher! Sein Geschick erstaunte ihn selbst noch mehr als Imogene. »Ich habe lange gebraucht, um zu verstehen, dass ich eine schnelle Auffassungsgabe besitze«, sagte er.
»Hast du das nicht bei unserem allerersten Telefongespräch gesagt – als du meinen Computer repariert hast?«, fragte Imogene.
»Falls ja«, sagte Wally, »bin ich mit mir einer Meinung.«

* Anmerkung des Verlags: Kapitelchen 302 findet sich im vierten Band der *Kulturgeschichte der Menschheit* von Will und Ariel Durant.

306.
Schließlich kam die Zeit (beziehungsweise es kam, wie es kommen musste), da Imogene in Wallys Gegenwart ihre Befangenheit so weit ablegte, dass sie regelrecht locker wurde. Bis in die Haarspitzen. Bis sich die eine oder andere Strähne selbstständig machte. Als ihre Strähnen eines Tages mal wieder in alle vier Himmelsrichtungen auseinanderstrebten, sagte Wally: »Imo, wollen wir auf einen Sprung in die Galerie mit dem Neonschild gehen? Da findet heute die Vernissage von dem Bildhauer statt, der dir damals im Museum so gut gefallen hat.«
Imogene sagte, gern, aber ob sie sich nicht wenigstens vorher noch schnell die Haare kämmen solle?
»Ach, für eine Ausstellung in einer Kellergalerie reicht es allemal. Du könntest dir vielleicht die Lippen schminken oder so. Und vielleicht ist es doch besser, du kämmst dich.«
Sie waren nur noch wenige Häuserblocks von der Galerie entfernt, als Wally ganz beiläufig erwähnte, dass möglicherweise auch seine Kumpel Derek, Jonathan, Gerry, Matthew, Michael, Rick und Nino und unter Umständen auch noch seine Exfreundin auf der Vernissage sein würden. Höchstwahrscheinlich sogar, sagte er. Definitiv.
Imogene machte auf dem Absatz kehrt und marschierte nach Hause.

307.
Sich mit verstrubbelten Haaren vor fremden Leuten zu zeigen war eine Sache, dabei unter einem Neonschild zu stehen eine völlig andere.

308.
Wer ist schief gewickelt?
Wally oder Imogene?
(Das ist die Frage, die diese Geschichte aufwirft.)

309.
Noch eine Frage, diesmal von Patty aufgeworfen:
Lesen Sie sie wirklich zu Ende?

310.
Imogene und Wally brunchten bei Sepkowitzens. Wally bestritt den Löwenanteil der Unterhaltung, den Hauptanteil des Schmausens, einen Großteil des Lachens, einen ansehnlichen Teil des Tischabräumens und sämtliche Zaubertricks. Die anderen Gäste gingen, Wally und Imogene blieben. Und blieben. Auch nachdem Imogene Wally einen Wink gegeben hatte, dass die Brunchzeit längst vorbei sei, von der Lunchzeit ganz zu schweigen. Außerdem müsse sie noch arbeiten.
»Ach, bleibt doch noch«, sagte Meg Sepkowitz. »Es ist noch so viel von der Bloody Mary übrig.«
»Nur ein paar Minütchen«, sagte Wally zu Imogene. Aber irgendwann war es dann doch so weit, dass sie die Jacken anzogen und nach ihren Regenschirmen griffen. Imogene machte die Wohnungstür auf. »Wow!« Wally staunte über das Porträt von Richard und Meg Sepkowitz, das im Flur hing. »Was für ein Wahnsinnsglück, ein Bild zu finden, auf dem euch die Leute wie aus dem Gesicht geschnitten sind.« Sepkowitzens lachten.

311.
»Wally ist ein großes Ja«, sagte Richard. »Und Imogene ein großes Nein.«

312.
Was alle, sogar Imogene, als ungeheuer knuffig empfanden.

313.
Richards Beobachtung verdient es, wiederholt zu werden. Wally ist ein großes Ja und Imogene ein großes Nein.

314.
Sie waren bis zur nächsten Kreuzung gekommen, als Wally sagte: »Zwischendurch hab ich mich ein paarmal gefragt, ob ich eigentlich der dickste Mensch im Raum war.«
Die Autorin betrachtet Wally nicht als dick, auch wenn sie nicht bestreiten kann, dass er zwischen Kapitelchen 198 und 233 ordentlich zugelegt hat. Imogene antwortete nicht. Sie hatte genug mit ihrem eigenen Gewicht zu tun.

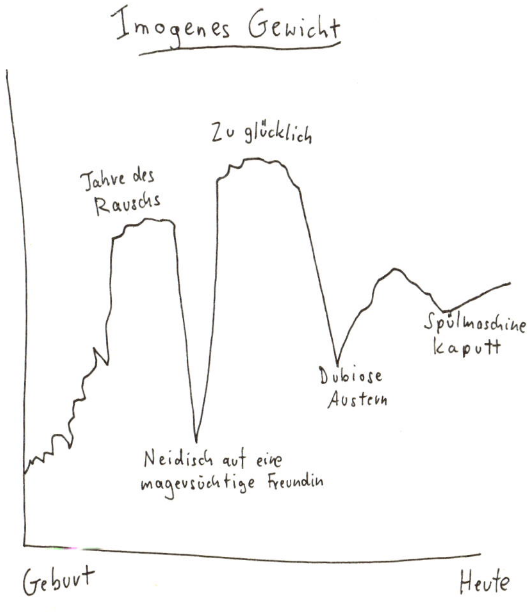

315.
Der Autorin ist klar geworden, dass sie das Wort *knuffig* bislang zweimal verwendet hat. Fernerhin hat Patty im Laufe ihres Lebens das Wort *ungeheuer* bis aufs Blut ausgelutscht. Angesichts dieser Tatsache sei hiermit offiziell festgehalten, dass Richard Sepkowitz' Bemerkung in der vierten verbesserten Neuauflage von allen Anwesenden als ungemein treffend empfunden werden soll.

316.
Tragischerweise.

317.
Auf dem Heimweg wollte Imogene Wally wieder mal nicht heiraten und sagte es ihm auch. Er hakte seinen Zeigefinger in die Gürtelschlaufe ihres Trenchcoats und zog sie an sich. So leicht gab er sich nicht geschlagen.

318.
»Eine Frage«, sagte Wally. »Meinst du, wir sind noch lange genug in diesem Buch, dass die Leute mitbekommen, wie ich aufhöre, um deine Hand zu betteln?«

319.
Genug gealbert.

320.
Im Hause Sepkowitz hatte es sich ausgefeiert; Meg und Richard durchkämmten das Wohnzimmer nach verirrten Gläsern und

Desserttellern, die sie in die Küche brachten. »Erinnern dich Imogene und Wally nicht auch an Elizabeth Bennet und Mr. Darcy?«, fragte Richard.
»Mal überlegen«, sagte Meg, die im Stillen mit einer Kosten-Nutzen-Analyse beschäftigt war, ob es sich lohnen würde, eine fast leere Sektflasche wieder zu verkorken. »Und wer wäre dann wer?« Sie setzte entschlossen die Flasche an.

321.
Wallys Geburtstag stand bevor. Als Imogene vorschlug, eine Party zu geben, stimmte er begeistert zu. »Sag mal, wen magst du am liebsten?«, fragte Imogene, die an die Gästeliste dachte.
»Dich«, antwortete Wally.
»Und wen noch?«
»Dich und den Menschen, der du früher warst.«

322.
Als Wally die Todesanzeigen las, entfuhr ihm ein Laut, der so laut war, dass Imogene raschen Schrittes zu ihm eilte. »Das kann nicht sein!«, sagte er. »Er war erst vierunddreißig – ach, da hab ich mich verguckt. Er war neunzig.« Wally vergrub sein Gesicht zwischen den Händen, ein Bild der Verzweiflung. »Das muss ich erst mal verarbeiten.« Der Vater der Chaostheorie war gestorben.
»Kanntest du ihn?«, fragte Imogene in einem durchaus als mitfühlend zu beschreibenden Ton. Sie rückte sich einen Stuhl heran.
»Ehrlich gesagt, wusste ich nicht mal, dass er noch am Leben war.« Wally hob den Kopf und las weiter. »Wow, die stellen ihn mit Newton auf eine Stufe. Was für ein Käse.«
Imogene stand auf. »Du bist aber ziemlich schnell über seinen Tod hinweggekommen«, bemerkte sie.

»Weißt du, was die *Schritte-der-Trauer*-Tante nicht begriffen hat?«, fragte Wally. »Dass der letzte Schritt Glück heißt.«
»Manchmal auch schon der erste«, sagte Imogene. Ob nun wohl demnächst das Chaos losbrechen würde? »Ich halte eine Trauerrede auf deiner Beerdigung, wenn du eine auf meiner hältst«, sagte sie im Hinausgehen, aber Wally schien sie nicht zu hören.

323.
Oder vielleicht doch?

324.
Er sah nicht glücklich aus.

325.
Ziemlich genau jetzt hätte Wally eine Kopfmassage vertragen können, aber Elsie war in Montana auf der Ranch eines Kunden, dessen Maultier anscheinend dringend einer Dauerwelle bedurfte. Sie hatte Wally erst kürzlich eine Ansichtskarte geschickt: »Wie geht es Dir? Mir geht es gut. Viele Grüße. PS. Weißt du, wie man mit Bärenspray umgeht? PPS. Erbitte schnellstmögliche Antwort.«

326.
Was niemand hätte vorhersehen können, trat ein: Wally war bei der Erledigung des Abwaschs gewissenhafter als Imogene. An diesem Abend allerdings fragte er sie nach dem Essen, ob er die Auflaufform über Nacht im Spülbecken einweichen dürfe. Jawohl, er dürfe.
»Was hättest du gemacht, wenn ich nein gesagt hätte?«, fragte Imogene ihn Stunden später.

»Die Form aus der Spüle genommen«, antwortete Wally. »Denn in diesem Haus kommst immer noch du an erster Stelle, vor den Töpfen und Pfannen.« Sie betrachtete ihn wohlgefällig. Er fuhr fort: »Aber *nach* den Neodym-Magneten.«

327.
Sagen wir mal so. Wallys Ex hat ein Kind bekommen. Sagen wir es mal anders. Patty ist sich mit Wally und dem Rest der Welt einig, dass Trench nicht gerade der ideale Name für ein Kind ist. Oder für sonst etwas. Höchstens für einen Trench(coat). Oder eine Mundhöhlenerkrankung.

328.
Wally, der sich sonst für jeden freuen konnte, freute sich für Gwen eher weniger. Kindisch oder nicht, er war neidisch. Die Fortpflanzung ist, wie jeder Naturwissenschaftler weiß, ein Grundpfeiler des Lebens. Doch nicht nur das. Nachwuchs zu haben bedeutet Comic-Hefte, Naschzeug zu Halloween und winzig kleine Zehen.

Aber Wally wollte nicht irgendein Kind. Und vor allem wollte er keinen Trench von Gwen.

»Was haben denn Pfunde damit zu tun?«, nörgelte Wally, als er seiner Zukünftigen die Geburtsanzeige vorlas.

»Kinder«, sagte Imogene. »Dauergäste der allerschlimmsten Sorte.«

329.
Imogene war nicht davon überzeugt, dass die Fortpflanzung das erschwinglichste Geschenk war, das sie der Gesellschaft machen konnte. Darüber hinaus misstraute sie ihren Genen. Auf der Grundlage von Fotoalben und Anekdoten von Opapa und

Tante Mimma folgt hier ihr Stammbaum, wie sie ihn sah: eine ungeschönte Bilanz ihrer Vorfahren.

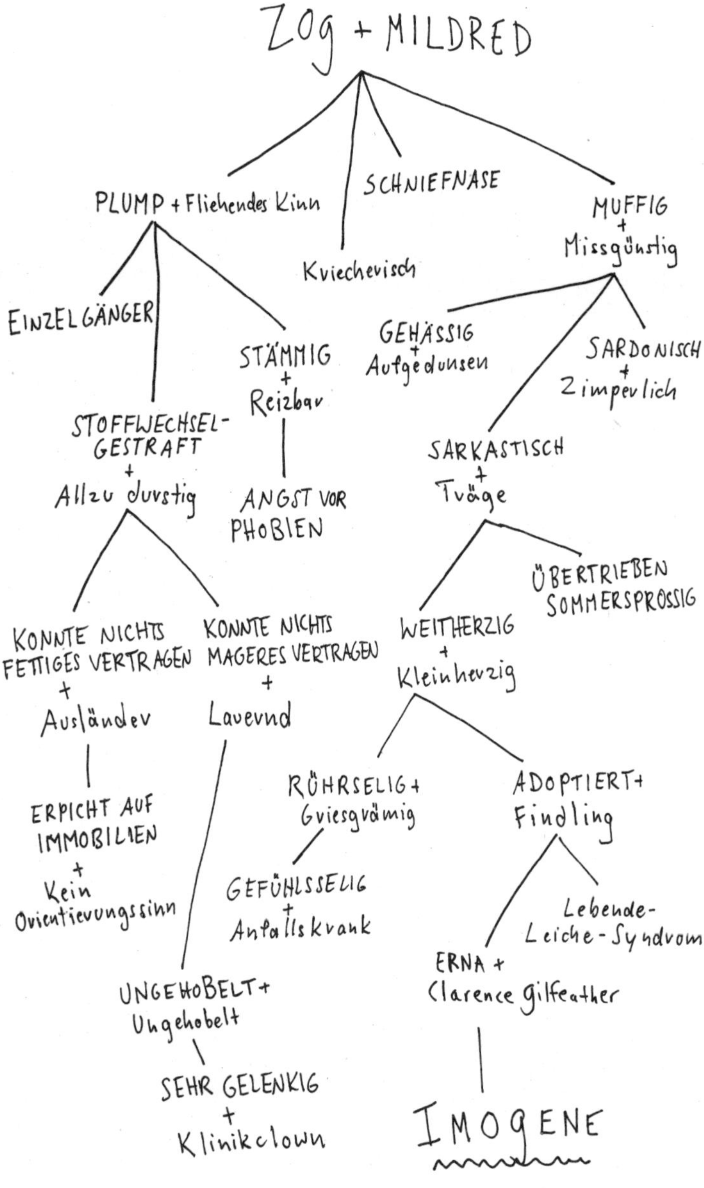

329a.

Wallys Stamm braucht keinen Baum, aber wir wollen fair sein:

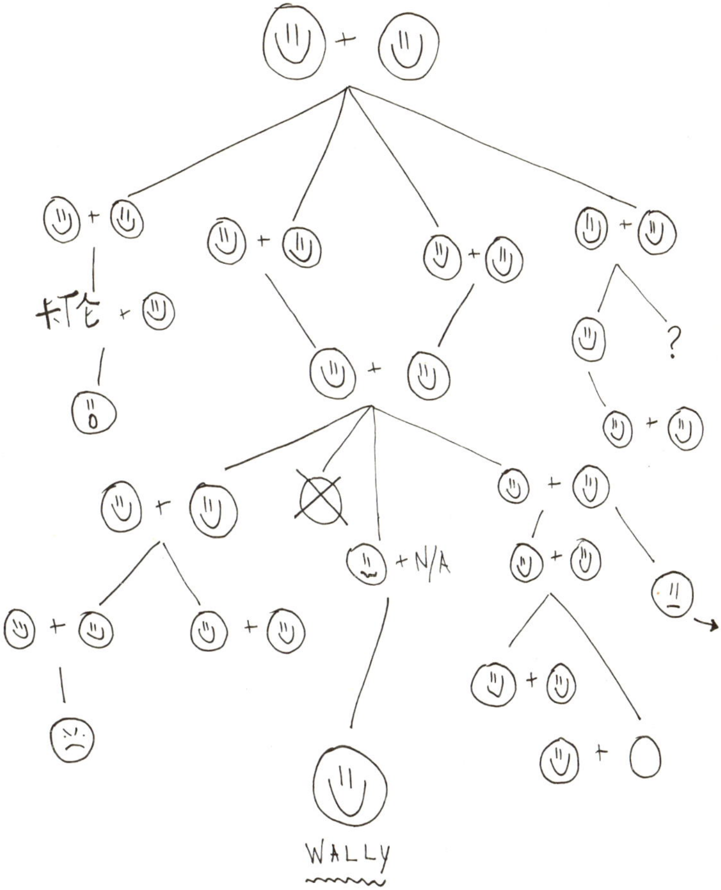

330.
Sondermeldung: Ron de Jean und seine Frau haben sich getrennt. Imogene hat es nicht kommen sehen, alle anderen schon. Dieses Buch gehört nicht zu jenen, in denen sich der Autor (hier: die Autorin) vom Tun der Figuren überrascht gibt.

331.
Als Imogene ihm erzählte, dass sie am Abend mit Ron de Jean in ein Bistro gehen wolle, erinnerte Wally sich daran, dass sie ihm, als er vor langer, langer Zeit auf Ron de Jean zu sprechen gekommen war, beteuert hatte, die Sache zwischen ihnen sei finito. Hat sie das tatsächlich gesagt? Kann man jemanden für das, was er in Kapitelchen 17 gesagt hat, eine Ewigkeit später noch zur Rechenschaft ziehen?
»Aber heute Nacht erreicht der Perseiden-Meteoritenstrom sein Maximum«, stöhnte Wally. »So gute Sichtbedingungen kriegen wir womöglich nie wieder, solange wir leben. Ich hatte mich so darauf gefreut, mir das Spektakel mit dir zusammen anzusehen.«
»Dann müssen wir eben länger leben, Wally.« Imogene schnappte sich ihre Jacke. »Ich bin spät dran.«

332.
Ron de Jean fand nicht, dass sie sich etwas vorzuwerfen hatten. Imogene und er wollten lediglich in einem schönen, aber nicht zu schönen Café einen Happen essen. Es wurde nicht einmal eine ganze Flasche Wein konsumiert, und die Beleuchtung war unschummerig. Sie saßen nicht in einer Nische. Niemand bestellte Austern, Trüffeln oder Ähnliches. Niemand sah niemandem verträumt in die Augen. Sie machten einander keine Geständnisse, gaben einander keine Versprechen. Als der Kellner fragte, ob er ihnen noch ein Dessert oder eine Tasse Kaffee brin-

gen könne, sagte weder Ron de Jean noch Imogene: »Für mich nicht, aber nimm du doch noch etwas, damit wir den Abend gemütlich ausklingen lassen können.« Sie teilten sich die Rechnung.
Ein weiterer Grund, warum Ron sich nichts vorwerfen konnte: Er hatte ein Auge auf ein Fußmodel geworfen, deren attraktivste körperliche Reize oberhalb ihrer unteren Extremitäten lagen.

333.
Imogene hatte sich ebenfalls nichts vorzuwerfen. Dass sie etwa Wally wegen Ron de Jean hätte verlassen wollen? So unternehmungslustig war sie nicht. Auch stand ihr der Sinn weder nach einem klärenden Gespräch, noch hatte sie Lust, für sich selbst oder Wally Umzugskartons zu packen. Außerdem war Ron de Jean bloß ein Kerl, den sie schon seit Ewigkeiten kannte, seit dem Sommer, in dem sie, um Geld zu verdienen, ohne ins Schwitzen zu geraten, in einem Zeichenkurs als Aktmodell gejobbt hatte. Ron de Jean war der fleißigste Schüler gewesen.

334.
Wally sah Dinge, die andere nicht sahen.

335.
Aufgewühlt, wie er war, beschloss Wally, der zu Hause saß und sich Sorgen machte, loszuziehen und in einem auch nachts geöffneten Drugstore eine Schere zu kaufen. Prüfend sah er sich das gesamte Sortiment an. »Darf ich Ihnen einen Rat geben?«, fragte ein anderer Kunde, der sich für eine heiße Schere entschieden hatte. »Bei Scheren darf man nicht knausern.«
Offenbar kannte der Mann unseren Wally nicht. Der mochte vieles sein, aber kein Knauser.

336.
Die Grand Prix-Küchenschere von Wüsthof, $ 50,95. Nicht für Großgeflügel verwenden.

337.
Am nächsten Tag war Wally hauptsächlich damit beschäftigt, sich mit der Entscheidung herumzuquälen, ob er auf einen Junggesellenabschied gehen (alte Kumpel, Gratis-Whiskey, mögliche Mitfahrgelegenheit nach Hause) oder zu Hause bleiben sollte (Niederschlagswahrscheinlichkeit 100 Prozent, Celtics gegen Knicks, Imogene). »Sag du mir, was ich machen soll«, bat er Imogene.

»Gehen«, antwortete sie, ohne groß darüber nachdenken zu müssen oder auch nur von ihrer Häkelarbeit aufzublicken. Imogene hatte andere Dinge im Kopf (Roggentoast, mmm).

»Das hilft mir auch nicht weiter«, sagte Wally. »Wenn du mir helfen wolltest, würdest du sagen, bleib – du kannst machen, was du willst, aber Hauptsache, du bleibst.«

»Ach ja?«, sagte Imogene. (Was hatte er gesagt?)

338.
Als sie am nächsten Abend im Bett lagen, fragte Wally: »Wie traurig wärst du, wenn ich sterben würde?« Imogene ließ ihr Skizzenbuch sinken. »Auf einer Skala von fünf bis achtzehn«, ergänzte er.

»Sind Brüche erlaubt?«, fragte sie.

»Im Ernst«, sagte Wally. »Was würdest du machen?«

Imogene blickte sich im Schlafzimmer um. Sie sagte, sie würde endlich mal die Wohnung gründlich putzen.

»Vielleicht wäre das die Lösung, damit die Wohnung mal wieder richtig sauber wird«, sagte Wally.

(Ist achtzehn am traurigsten oder am wenigsten traurig?)
(Wie traurig wäre der Leser? Bitte geben Sie die Antwort in Milligramm an.)

339.
Wally liefen Tränen übers Gesicht, aber Imogene merkte davon nichts, weil sie sich zur selben Zeit und im selben Bett künstliche Tränen in die chronisch trockenen Augen träufelte.
Sie knipste das Licht aus.

340.
Imogene schloss die Augen und stellte sich vor, sie wäre beim Augenarzt. Um die imaginäre Wartezeit bis zu ihrer imaginären Pupillenerweiterung zu überbrücken, legte sie im Geiste eine Liste der Freunde an, die sich für ein Geschenk von ihr nie mit einem gleich- oder höherwertigen revanchiert hatten.
Als sie bis zu ihrer Freundin Lisa (Papierservietten) gekommen war, döste sie ein.

341.
Wally träumt jede Nacht von Imogene. Manchmal verwandelt sie sich in jemand anderen. Und manchmal fährt sie mit dem Zubringer an einen Ort, wo sie, wie Wally mit Sicherheit weiß, sterben wird. Normalerweise hat er Albträume. Heute Nacht befindet er sich auf einer Schlammlawine und wird von Zombies gejagt. Imogene will ihm helfen, aber auf einmal will sie ihn töten. Dann verpasst sie ihm zufällig – oder absichtlich – einen Tritt, und er wacht auf, bevor er sie tötet.

342.
Imogene hat momentan keine Zeit zum Träumen. Werfen wir also einen Blick auf ihre Handschrift, ihr, wie manche meinen, attraktivstes Attribut.

343.
Eine Handschriftenprobe von Imogene, zusammen mit einer graphologischen Deutung.

Denkst du an die Küchentücher (ohne Blümchen)?
Imo

Man beachte die extrem gerade Grundlinie, ein Indiz für Angespanntheit und übertriebene Disziplin. Auffällig ist ferner die Vertikalität der Buchstaben – das heißt die fehlende Rechts- und Linksneigung. Dies deutet auf große Eigenständigkeit und emotionale Beherrschtheit hin, die der Schreiberin möglicherweise als Gefühlskälte und Gleichgültigkeit ausgelegt werden. Die Dunkelfärbung der Schrift lässt auf eine hohe Druckgebung schließen, das Kennzeichen eines höchst vitalen Menschen, der normalerweise überaus erfolgreich und/oder durchgedreht ist. Stellen wir Imogenes Schrift nun Wallys Gekrakel gegenüber (siehe unten).

Ich muss oft an Polyeder denken!! Und an Imo???

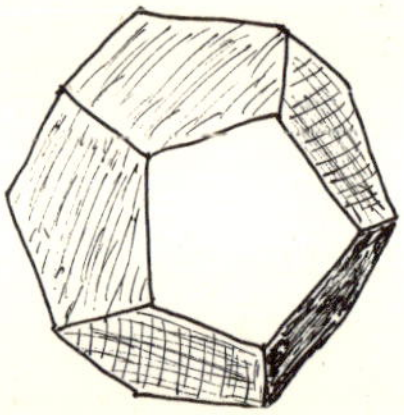

Die starken Verschlaufungen der Unterlängen lassen ein starkes Verlangen nach Sex, Essen, Geld und glänzenden Gegenständen erkennen. Die hohe, schmale Verschlaufung des *l* ist ein Zeichen für Idealismus. Das oben offene *o* könnte bedeuten, dass der Schreiber kein Geheimnis bewahren kann, wohingegen der Querstrich des *t* darauf hindeutet, dass ihm die Bedeutung von *Schweigen ist Gold* durchaus geläufig ist. Die langen, wackeligen Ausrufezeichen kennzeichnen eine lebhafte Fantasie oder aber auch Alkoholeinfluss. Ein *k* wie das vorliegende haben wir noch nie gesehen.

Angeblich existiert von unserer Autorin nur eine einzige Schriftprobe. Unerklärlicherweise fand sich ihr Namenszug auf einer Petition vom Mai 1987, die den Abriss eines Opernhauses fordert.

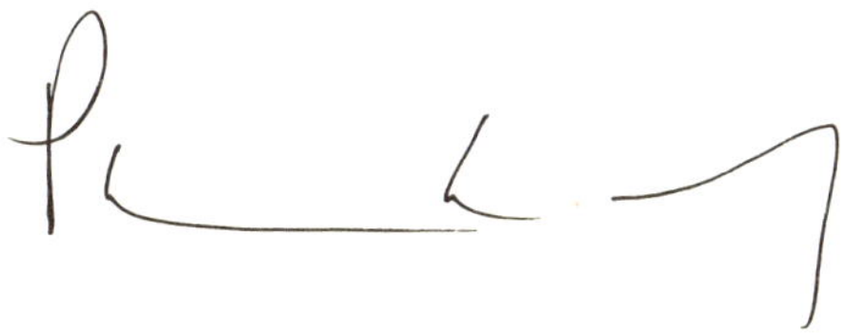

Wäre Pattys Unterschrift ein EKG, hätte der Patient bei der zweiten Silbe einen Herzstillstand erlitten.

344.

Wally nahm Beenishs Einladung zur Eröffnung der Dönerbraterei Dollar and Change mit ehrbaren und hungrigen Absichten an. Deshalb machte er auch sofort reinen Tisch, als sie auf ihn zusprang und ihm um den Hals fiel. »Ich habe Imogene die Ehe versprochen«, sagte er und trat einen Schritt zurück.
»Wow«, sagte Beenish und trat einen Schritt vor. »Tatsache?«
»Na ja, eher mehr oder weniger.« Beenish fing an zu weinen.
»Weniger«, sagte Wally. Sie traten weder vor noch zurück.
Beenish trocknete sich an seinem Ärmel die Tränen. »Ich habe eine Idee«, begann sie.
Und wo war Imogene? Äußerte sich auf der Eigentümerversammlung zum Thema Wasserschaden an der Nordfassade.

345.
Beenish Asifs Plan bedurfte keiner Biotechnologie. Sie ging fest davon aus, dass die Biologie schon alles Nötige regeln würde. Sie hatte bereits einen Namen ausgesucht. Wenn es ein Junge würde, Yakub nach ihrem Onkel, wenn es ein Mädchen würde, Doris Day nach Doris Day. Falls Wally aber auch noch einen Vorschlag machen wolle, würde sie ihn gern berücksichtigen. In ihren Augen war es der perfekte Plan, denn er umfasste alles, was sie sich wünschte: jemanden, für den sie essen durfte, und nach neun Monaten jemanden, mit dem sie spielen konnte (und der tolles Spielzeug besaß).

346.
Plan B: siehe Plan A (oben).

347.
Sobald Wally wieder zu Hause war, weckte er Imogene mit der Frage: »Möchtest du ein Kind?« Sie öffnete die Augen einen Spaltbreit und nickte: nein.
»Oder dich wenigstens an einem beteiligen?«, fragte er, aber sie war schon wieder eingeschlafen. »Ich habe mich entschieden«, sagte er trotzdem. »Du sollst mich nie wieder loswerden.«
Imogene träumte von Wallys Socken.

348.
Am nächsten Tag kamen Wally und Imogene gemeinsam zu dem Schluss, dass der Plan niemals aufgehen würde. Zu schlimm für ein Kind. Zu avantgardistisch. Imogene wollte keine Rolle. Sie wollte nicht Tante genannt werden oder gar Tanteimo. Sie hasste süßliches Gebabbel. Die Wohnung wäre ein Saustall. Nicht zu vergessen: Imogene hatte einen schönen Teppich. Und einen

Beruf. Was, wenn das Kind schwierig oder ungezogen war? Wenn es im dritten Schuljahr wie ein Zweitklässler las? Durchaus möglich, dass es niemals einen Spielkameraden finden würde. Was, wenn Wally keine Lust hatte, mit ihm Ball zu spielen? Und Beenish es zum Kreationisten großzog? Manche Teenager ermorden ihre Eltern. Oder noch schlimmer – räumen ihr Zimmer nicht auf. Wir könnten ein schlechtes Zeugnis niemals tolerieren. Müssten wir zum Elternabend? Wer von uns sollte den Schülerlotsen spielen? Imogene glaubte nicht, dass sie in gelbem Plastik eine gute Figur abgeben würde, und Wally war ein Langschläfer, aber konnten sie sich beide davor drücken? Was, wenn das Kind sich für den Abschlussball eine Begleitung aussucht, die uns nicht gefällt? Einem Minderjährigen können wir nicht erlauben, sich das College selbst auszusuchen. Wie viele Gäste dürfen wir zur Hochzeit einladen? Was sollte Imogene ihrer Mutter sagen? Wir bräuchten ein Kinderzimmer. Wir bräuchten einen Rechtsanwalt. Das wär's dann wohl gewesen mit unserer Reise nach Istanbul. Es würde unser Glück beeinträchtigen. Und viel Geld kosten. Einen ganzen Haufen. Ganze Berge.

»Außerdem«, sagte Wally, »möchte ich keinen Sprössling, der mich nicht an dich erinnert.«

»Danke«, sagte Imogene. »Aber von mir aus kannst du es ruhig machen.«

»Nein. Eine Dreiecksbeziehung ist nichts für mich.«

»Vierecks-«, sagte Imogene.

349.
Wally und Imogene lebten ihr Leben weiter.

350.
Sie aßen Frühstücksflocken zum Abendbrot.

351.
»Aber warum bist du nicht eifersüchtig?«, fragte Wally, während er auf den Boden der auf dem Kopf stehenden Schachtel klopfte, um auch noch die letzten widerspenstigen Weizenflocken herauszulocken. »Ich an deiner Stelle wäre eifersüchtig.«
»Reich mir mal die Milch rüber«, sagte Imogene.
»Ich *bin* eifersüchtig«, dachte Wally.

352.
Wally sah Imogene seelenvoll an.

353.
Er fuhr nach New Jersey, zu einer Konferenz über das Thema »Warum Darwin durch das Gesetz der natürlichen Zuchtwahl gezwungen war, Emma Wedgewood zu heiraten«. Als er nach vielen Tagen heimkam, sah Imogene von ihrer Näharbeit auf und erinnerte sich daran, wie sie für ihn empfunden hatte, bevor sie ihn in- und auswendig kannte – falls das inzwischen überhaupt der Fall war.
Ein Schauer überlief sie. Regte sich da in ihr das gewisse Etwas?

354.
»Und?«, fragte sie. »Was ist es nun? Vererbung oder Erziehung?«
»Verziehung.« Wally machte den Kühlschrank auf. »Mexikanische Reste oder indische Reste?«
»Weder noch«, sagte Imogene. »Noch nicht mal indikanische.«

355.
Womit das geklärt wäre.*

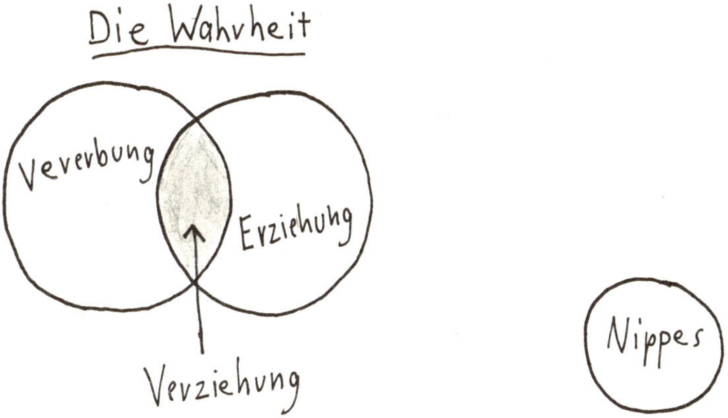

356.
Während Wallys Latzhose im Trockner vor sich hin trocknete, machte er im Internet einen Berufseignungstest. »Rate mal, was mein Traumberuf ist!«, sagte er, als er mit der aufregenden Neuigkeit in Imogenes Büro marschiert kam. Seine Latzhose war immer noch klamm.
»Augenblick«, sagte Imogene. »Ich schreibe gerade ein Memo.«
»Aber doch nicht, wenn wir mitten in einer Unterhaltung sind.«

357.
Imogene schrieb weiter.**

* In der russischen Ausgabe dieses Buches, die unter dem irreführenden Titel *Doktor Schiwago* erschienen ist, antwortet Wally »Verviehung« statt »Verziehung«.

** In der Inuit-Ausgabe dieses Buches, die unter dem hinreißenden Titel *Ukluk lernt Hundeschlittenfahren* erschienen ist, kommt Wally (Ukluk) in Imogenes (K'eyghasthuntus) Iglu gestapft und sagt etwas, das wir nicht verstehen, weil wir kein Inuit sprechen. Wie die meisten Leute.

358.

Wally knetete Imogenes Schultern. Er sagte ihr nicht, dass er laut traumjob.com ein Mensch war, der gern mit dem Strom schwamm, erst handelte und dann nachdachte, für das Heute lebte (aber auch für das Morgen), sich gern hochtrabend ausdrückte und lieber an Erfrierungen als an Verbrennungen sterben wollte. Genauso wenig sagte er ihr, dass er, wie Robert Oppenheimer und Johanna von Orleans, seine Erfüllung und sein Glück als Schäfer in Neuseeland finden würde. Und er sagte ihr auch nicht, dass er für sie ebenfalls einen Fragebogen ausgefüllt hatte und sie unbedingt auf eine Karriere als Kleinkriminelle umsatteln müsse.

Stattdessen sagte Wally zu Imogene: »Weißt du eigentlich, was für ein Glück du hast, jemanden zu haben, der dich so liebt wie ich? Das ist viele hundert Dollar im Jahr wert.«

359.

Und jetzt kommt's: Imogene wusste es.

360.

Als Wally sie das nächste Mal fragte, ob sie ihn heiraten wolle, veranstaltete sie unter ihren Freundinnen eine Umfrage, um zu ermitteln, wie glücklich ihre Ehen waren. »Es ist schon schön, wenn man jemanden im Haus hat, der an die Sachen in den obersten Schrankfächern rankommt«, mailte eine Frau, die gerade ihren dritten Ehemann verschliss – einer immer größer als der andere. »Und wenn man sich mal ausgesperrt hat, kommt man schnell wieder rein.«

»Ich bin zufrieden«, antwortete eine andere. »Aber wenn Mark spontan in Flammen aufginge, würde ich nicht noch mal heiraten. Ob ich Mark noch mal heiraten würde? Soll das ein Witz sein?«

»Glücklich?«, fragte eine Frischvermählte zurück. »Das ist so eine nichtssagende Beschreibung. Traurig träfe es besser. Mir fehlen meine einsamen Samstagabende.«

Die Ergebnisse konnte man wahrhaftig nicht als Hipp-hipp-hurra für den Ehestand bezeichnen. Auch wenn Begeisterung für die praktischen Seiten geäußert wurde. Dass man sich beim Chinesen die Hauptspeisen teilen konnte, zum Beispiel.

361.
Mathematikpsychologen haben festgestellt, dass der eheliche Glücksquotient gespenstisch nahe bei π liegt.

362.
Wally schickte Imogene eine Postkarte, auf der er ihre Stärken auflistete (die üblichen plus Rechtschreibung), sie seiner unvergänglichen Liebe versicherte und sie darauf aufmerksam machte, dass er ihr das Schriftstück auch am Morgen in der Küche hätte aushändigen können, aber das Gefühl habe, die über-

flüssige Ausgabe für das Porto sei ein besserer Beweis für den Grad seiner Liebe.*

363.
Eines schönen Tages sagte Wally zu Imogene, seiner Meinung nach werde die Verdunstung überbewertet. Bis dahin war Imogene sich nicht einmal bewusst gewesen, dass die Verdunstung überhaupt bewertet wurde.

364.
»Siehst du den Parkplatz da?«, fragte Wally eines anderen Tages, während sie eilig irgendwohin strebten. »Da hab ich mal geparkt.«
»Schön«, sagte Imogene, die gerade darüber nachsann, ob sie eigentlich gern Klementinen aß – oder meinte sie Minneolas?
»Jetzt weißt du alles über mich. Mehr gibt es nicht.«
»Mandarinen«, dachte Imogene.

* In der irischen Ausgabe dieses Buches, *Athbhliain Faoi Mhaise Duit*, trinkt Wally einen Whiskey.

DIE PARKPLÄTZE DES WALLY YEZ

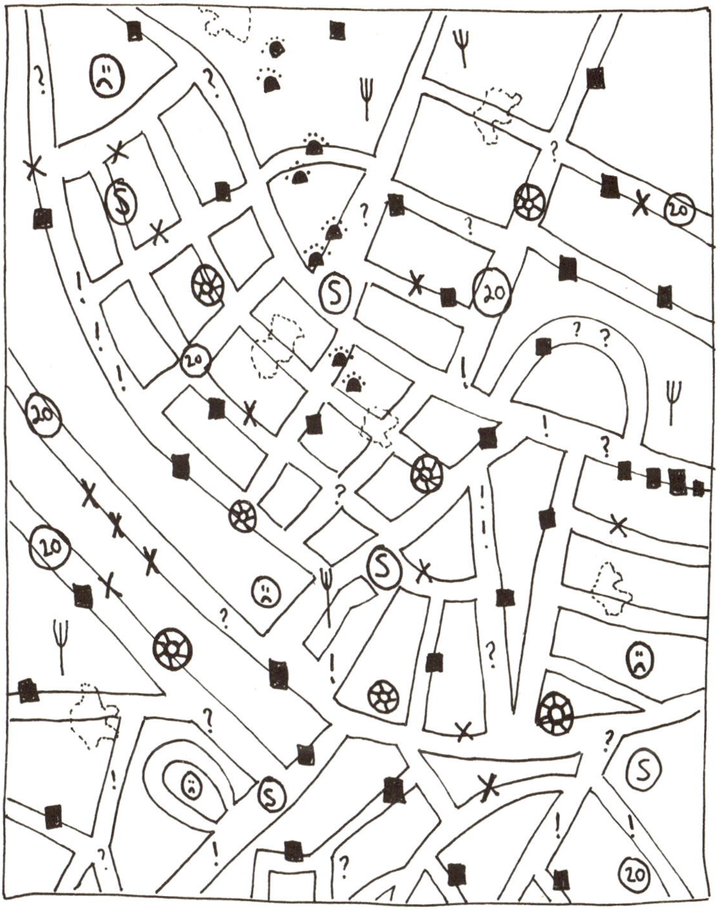

Legende

- ■ Illegal
- ? Halblegal
- Ψ Reserviert für Chefköche auf Durchreise
- ☹ Emotional-Behinderten-Parkplatz
- × Hinterlistige Abzockerparkuhren
- ! Spaßparkuhr
- (20) Zwanzig-Sekunden-Parkplatz
- (S) Abschleppzone
- Wegrollzone
- Senkgrube
- Schild(kröten)wechsel
- Unsichtbarer Hydrant

365.
Manches Mal dachten Wally oder Imogene, bevor sie antworteten: Welche Worte würde mein Schatz am liebsten hören? Manch anderes Mal dachten sie: Womit kann ich meinem Schatz den letzten Nerv rauben?

366.
Aber meistens waren es die Male dazwischen.

367.
Im Flügel für europäische Malerei und Skulptur verloren sich Wally und Imogene aus den Augen. Allerdings konnte nie festgestellt werden, wer wen verloren hatte und wer wem verlorengegangen war.

368.
Wollen wir uns nicht mal eine Auszeit gönnen von diesen Leuten mit ihren Bedürfnissen und Wünschen, ihrem Sturm und diesem anderen Wort – ihrem Gequake?

369.
Patty möchte sich vielmals entschuldigen. Sie dachte dabei an Figuren aus einem anderen Buch. Ein musikalisches Zwischenspiel ist angesagt.

370.
Trotz Kapitelchen 367 schlief Wally tief und fest.

371.
»Und geräuschvoll«, dachte Imogene.

372.
Kann sein, kann aber auch nicht sein. Patty war nicht dabei. Patty hat nämlich auch noch ihr eigenes Leben.

373.
Mehr oder weniger.

374.
Nachdem sie Wally eine geraume Weile beim Atmen zugesehen hatte, dachte Imogene über diesen Menschen nach, der da nur eine Armeslänge von ihr entfernt im Bett lag. Sie dachte: »Ist das ein Haarwirbel? Hat er wirklich einen Wirbel? Wenn ja, wird kein Bett jemals groß genug sein.«

375.
In der nächsten Nacht hatte Imogene das Bett für sich allein, und in Kleider-, Wand- und Nachtschränken herrschte gähnende Leere. Wally war am Morgen in aller Herrgottsfrühe zu einem Campingausflug mit Freunden aufgebrochen. Er wollte sechsunddreißig Stunden wegbleiben, hatte aber genug Sachen mitgenommen, um für die Ewigkeit gerüstet zu sein. »Warum hast du keine Angst, dass ich von einem Berglöwen gefressen werde?«, fragte er Imogene mit brüchiger Stimme.

Imogene gähnte. »Ich dachte immer, man wird von Bären gefressen.«

376.
An Tag zwei kam Imogene ein irritierender Gedanke: Wieso hatte Wally ein Jackett und eine Krawatte in seinen Matchbeutel gepackt? Campingausflüge konnten apokalyptisch enden, erforderten aber nur selten eine gepflegte Garderobe.

377.
Pfadfindermotto: Allzeit bereit!

378.
Bereit für das Ritornell von Ron de Jean? Imogenes Geschirrspüler wollte nicht mehr, und wen sonst hätte sie fragen können? Ron de Jean verstand sich auf die Reparatur von Schwimmschaltern ungefähr genauso gut wie Robespierre aufs Basketballspielen. Keiner von beiden konnte Wally das Wasser reichen, einem Mann, der sich sogar mit Zuflussventilen auskannte. Aber Wally war im Wald. *Que sera.*
»Danke, dass du an mich gedacht hast«, sagte Ron de Jean, als er mit ausgebreiteten Armen durch die Tür kam. Das Fußmodel, in das er verschossen gewesen war, hatte ihm vor kurzem den Laufpass gegeben.
»Ich habe an mich gedacht«, sagte Imogene.
Ron de Jean verstand ihre Antwort auf einer Nichtgeschirrspülerebene.

379.
»Das oberste Gebot bei Reparaturen im Haushalt«, sagte Ron de Jean, während er vor der undichten Maschine den Rückzug antrat, »lautet: keinen Schaden anrichten.«

380.
Worauf Imogene und er sich ins Wohnzimmer vertagten. Sie waren eben drauf und dran, ins Schlafzimmer überzuwechseln, als Ron de Jeans Tochter anrief: Die Mutter ihrer Freundin Lauren habe vergessen, sie vom Eislaufen abzuholen, ob er nicht bitte schnell für sie einspringen könne.

381.
Es war nicht gerade der gelegenste Augenblick.

382.
Im Nachhinein empfand Imogene tiefe Reue, sie wusste bloß nicht genau, worüber.

383.
»Es ist definitiv nicht wie in den guten alten Zeiten«, dachte sie. Ist es nie, sagt Patty.

384.
Als Wally wieder nach Hause kam, war Imogene mitten in einem lebhaften Telefongespräch – über die Auswirkungen der Globalisierung auf indonesischen Polyester. Sie bedeutete ihm, dass sie in einer Zeigefingerlänge für ihn da sein werde.

Telefonzeiten im Überblick

Ein Zeigefinger

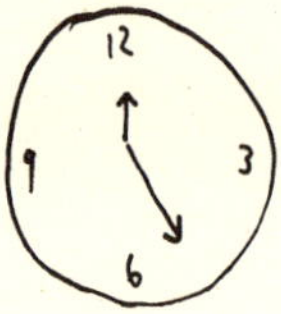

Zweimal Kopfschütteln

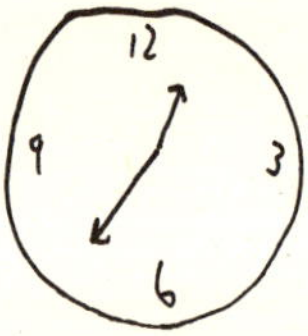

Nicken

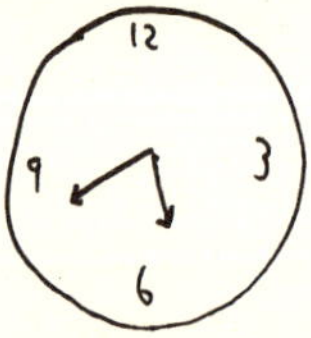

Augen verdrehen

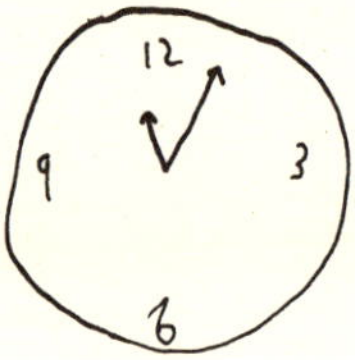

Plappermaulgeste

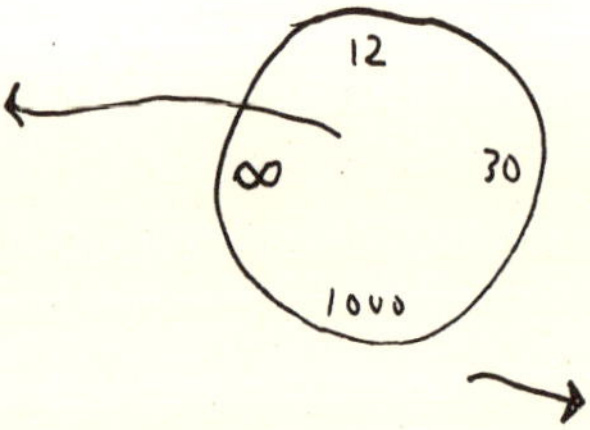

Haare ausraufen

385.
War sie aber nicht.

386.
Man konnte wahrhaftig nicht behaupten, dass der Augenblick im Nu verging. Das Gespräch kulminierte in einer hitzigen Debatte über Pfannkuchenrezepte. »Du magst mich nicht«, sagte Wally, nachdem Imogene aufgelegt hatte. »Du findest, ich kann nichts richtig machen, und fragst dich, wieso du dich überhaupt mit mir abgibst.«

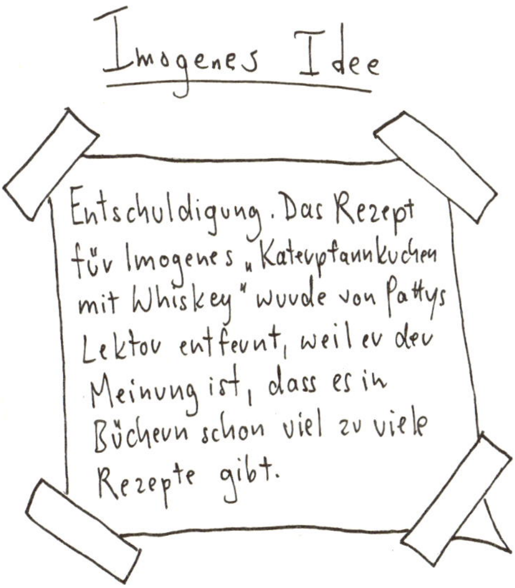

387.
Eine Schweigesekunde für Ron de Jean, der auf dem Squashplatz verstarb, während er nach einem, wie sich herausstellen sollte, tödlichen Ball hechtete. Statt zugedachter Beileidsbekundungen bitten wir um Spenden an den Rezeptschutzverein Hastings-on-Hutton.

388.
Imogene war nie stolzer gewesen, Ron de Jean »gekannt« zu haben. Schließlich gibt es auf einer Beerdigung keinen prominenteren Promi als den Verstorbenen selbst. Bis alle nach Hause gehen.
Während der Trauerrede, in der Ron de Jean als einzigartiger Bonvivant, Ehemann und Vater, als Fels in der Brandung, Modern-Dance-Fan und Marmeladenconnoisseur, als Philanthrop und minderer Heiliger gerühmt wurde, bekam Imogene eine SMS mit der Mitteilung, dass Donald Charm von Saks Fifth Avenue ihr Angebot annehme und einhunderttausend Stück Featherware Unterwäsche ordere. Saks wolle sich die Exklusivrechte an Lethal sichern, Imogenes Teenie-Kollektion! Und an Barely Lethal, ihrer Kiddie-Kollektion!
Imogene war zu froh, um traurig zu sein.

389.
Das Leben hat's echt in sich!

390.
Wenn man nicht tot ist.

391.
Am nächsten Tag beschlossen Wally und Imogene, sich zusammen eine Wohnung zu kaufen. Es war Imogenes Idee. Sie hatten bereits eine Altbauwohnung im Auge, die – davon waren sie überzeugt – für einen Apfel und ein Ei zu haben sein würde. Wegen der Blutflecken. Außerdem war die Tapete im Gästebad mit Bowlingmotiven bedruckt.

392.
Manche Leute packen gern ein.

393.
Manche gern aus.

394.
Imogene hatte weder eine Vorliebe fürs Ein- noch fürs Auspacken, aber weil sie penibler war als Wally, blieb es an ihr hängen, die neue Wohnung auf Vordermann zu bringen. Es galt, Berge und Tafelberge, Höhlen und Lavaströme beschrifteter Kartons zu sichten, zu erforschen und am Ende zu bezwingen. Imogene ließ den Blick über das Schlafzimmerterrain schweifen und versuchte krampfhaft, es sich bewohnbar vorzustellen.

395.
Sie wusste ganz genau, an welchen Orten und Stellen sie die Steckdosen hätte haben wollen, wenn sie nicht gehässigerweise bereits an Ort und Stelle gewesen wären.

396.
Als sie später sinnierend vor dem Wäscheschrank stand, schneite unerwartet Wally herein, der früher Feierabend gemacht hatte. Er schwenkte eine Flasche Sekt. Imogene hoffte, dass er eine Gehaltserhöhung bekommen hatte, aber sie wollte ihn lieber nicht danach fragen. »Im, ich habe eine richtig gute Nachricht.« Vielleicht war es ihm gelungen, sein Protein zu synthetisieren. Daran arbeitete er doch zurzeit? Oder war es ein Enzym? Aber sind Enzyme nicht auch Proteine? Wie auch immer, es war eine gute Nachricht.

397.
Für Proteine.

398.
»Ich bekomme ein Kind!«, verkündete Wally strahlend. »Es geht nicht an, dass ich ohne Nachkommen bleibe.«
»Von wem?« Imogene war ganz ins Waschlappensortieren vertieft. »Kommst du an das oberste Fach ran?«
»Von dir«, sagte er. »Du glaubst, ich mache Witze. Ich mache keine Witze.«
»Ha ha ha ha«, sagte sie.

399.
Wally kam an das oberste Fach ran.

400.
»Na schön«, sagte Imogene. Wer machte jetzt keine Witze? Imogene versuchte sich zu konzentrieren. Wenn sie beim Einräumen der Bettwäsche und Handtücher nicht aufpasste – die Kopfkissenbezüge vielleicht doch lieber ins zweite Fach statt ins dritte? –, würden sie für immer falsch liegen. Kein Mensch räumt seinen Wäscheschrank um. Sie überlegte. Fühlte sie ein Verhängnis dräuen?

401.
»Ich bekomme ein Kind mit dir«, sagte Wally. »Gewöhn dich schon mal an den Gedanken. Du wirst viel mit Wickeln beschäftigt sein, weil ich viel beruflich beschäftigt sein werde.« Er schmunzelte, obwohl es ja angeblich *kein* Witz sein sollte.
Wally köpfte die Sektflasche nicht.

402.
Kein Mensch hatte damit gerechnet, dass Wally und Imogene sich trennen würden. Was war geschehen? In der Gerüchteküche simmerte, wallte, brodelte und kochte es.

403.
Es war eine einzige Sudelei.

404.
Es hieß, Wally habe seine pakistanische Geliebte geschwängert und Imogene es mit ihrer Assistentin Harriet getrieben, er habe es satt, dass sie ihn nicht heiraten wollte, und sie halte es nicht mehr aus, dass er immer seine Hausschlüssel in die Porzellanschale warf, er könne sich nicht genug für Saks Fifth Avenue und sie sich kein bisschen für Schildkröten begeistern, er habe in ihrer Jackentasche belastende Quittungen gefunden und sie ihn dabei erwischt, wie er die Wäsche aus dem Trockner nahm, obwohl sie noch gar nicht richtig trocken war, er habe das Gefühl, wegen seines unaufgeräumten Schreibtischs von ihr schikaniert zu werden, und sie könne es nicht ertragen, wie er das

Wort *schikanieren* aussprach, er habe unbedingt die Essecke zur Werkstatt umfunktionieren und sie sich die oberste Schublade des Schreibsekretärs zurückerobern müssen, er wolle nach Buenos Aires auswandern und sie habe sich aus Flugangst geweigert mitzukommen, er sei auf seine alten Tage zum Glücksspieler geworden und sie habe eine Zwangsstörung, er sei wegen Handelns mit dem Anästhetikum Ketamin im Gefängnis gelandet und ihre Beziehung habe einen Knacks bekommen, als er herausfand, dass sie ihre mittlere Initiale geändert hatte, sie könne ihm nicht mehr vertrauen, seit er bei Rot über die Ampel gegangen war, er sei ein Spinner und sie eine Verrückte oder umgekehrt, es gehe um Geld, ein Umzug ende häufig in Verwerfungen (die Immobilienscheidungstheorie), sie hätten religiöse Meinungsverschiedenheiten, obwohl sie beide nicht religiös waren, sie hätten sich nie darauf einigen können, welche Temperatur sie auf dem Thermostat einstellen sollten, und mit Zähnen und Klauen um das letzte Stück Pizza gekämpft, bis Tränen flossen, sie hätten einen unterschiedlichen Schritt am Leib, sie könnten die Familie, Freunde und Manieren des jeweils anderen nicht ausstehen, sie bevorzugten bei Kaugummis und Salatdressings gegensätzliche Geschmacksrichtungen, sie hätten erbittert um den Namen eines Hundes gestritten, obwohl eigentlich keiner von ihnen einen Hund haben wollte, und ja, auch die Sache mit dem Kinderkriegen wurde aufs Tapet gebracht. Es hieß, tja nun, da könne man nichts machen, es habe eben nicht sollen sein, es sei sicher besser so, wie gewonnen, so zerronnen, man könne das Rad nicht zurückdrehen, neuer Tag, neues Glück.

405.

Imogene durfte sich anhören: Tut mir so leid, wie geht es dir, du kannst mich jederzeit anrufen, nichts hält ewig, du konntest nicht anders, ich hätte es genauso gemacht, du kannst nichts dafür, sei froh, dass du ihn los bist, es ist nicht deine Schuld, es wird schon wieder, was für ein Arschloch, Kerle! Ich wüsste da einen Mann.

406.
Imogene schrubbte in der Wohnung die Decken, und nicht nur einmal.

407.
Ihr Bekanntenkreis machte sich Sorgen. »Du bist irgendwie gar nicht mehr du selbst«, sagte Harriet, während sie Flatterhöschen an Schaufensterpuppen hefteten.
»Und an wen erinnere ich dich?« Imogene nahm ihre Assistentin ins Visier. Harriet erstarrte.
»Medusa«, dachte sie. »Oder Martin Balsam?« Meinte sie vielleicht Martin Buber?*

408.
Imogene glaubte nicht an Gott, zum Glück. Denn wenn Seine Herrlichkeit doch existierte, würde sie mit ziemlicher Sicherheit ganz schön in der Patsche sitzen. Dafür glaubte sie daran, dass alles Schlimme auch sein Gutes hatte. Wenn sie als Kind krank gewesen war, hatte sie schließlich auch nicht in die Schule gemusst, sondern stattdessen zu Hause fernsehen dürfen. Das System war ihr etwas schuldig, und das System sollte blechen. Als sie deshalb auf dem Anrufbeantworter Donald Charms Bitte um ihren sofortigen Rückruf abhörte, schlug ihr Herz höher.

* Sie meinte Martin Bormann.

409.
»Wenn sich die eine Tür schließt, öffnet sich eine andere – oder so was in der Art«, dachte Imogene. Sie konnte bloß hoffen, dass es sich nicht womöglich doch um ein Hochhausfenster handelte.

410.
»Entschuldigen Sie den Swisstüll«, sagte Donald Charm, während er ihr einen Platz auf dem Sofa freiräumte. Das Büro war gerammelt voll mit Damenbekleidung und Kunstgegenständen mit dem Leitmotiv Bulldogge. »Ein Leckerli?« Donald Charm hielt ihr eine große Keksdose in Hundeform hin.
Imogene lehnte dankend ab.

411.
Sie war ja nicht verrückt.

412.
Aber natürlich war sie frohen Mutes – wie auch nicht? Laut Donald Charm war das tief dekolletierte Coquette in Malve bei Saks schließlich ein echter Renner.

413.
»Geschafft!«, dachte Imogene.

414.
»Ich bin am Ziel«, dachte Imogene.

415.
»Nichtsdestotrotz«, sagte Mr. Charm, während er eine Stecknadel in eine kleine Nadelkissendogge spießte, »bin ich nach reiflicher Überlegung zu dem Schluss gekommen, dass Saks Fifth Avenue und Featherware nicht zueinanderpassen.« Er räusperte sich. »Bis auf weiteres zumindest.«

416.
Ohne jegliche Überlegung schnappte sich Imogene den Vertrag und verbesserte ihn dahingehend, dass sie ihn in Konfetti verwandelte.

417.
Und als es nicht mehr schlimmer kommen konnte, vergingen sieben Jahre. Mit dem Alter wurde Imogenes Haar röter. Wallys Herz war noch immer das eines Teenagers. Seine Bauchspeicheldrüse wahrscheinlich auch.

418.
Sie trafen sich auf dem Eiffelturm wieder. Komischer Zufall, was? Dass sie im selben Ballungsraum lebten, sich aber ausgerechnet dort über den Weg laufen mussten? Nach all den Jahren?

419.
Imogene war zu Modeaufnahmen in der Stadt, und Wally wollte den Drillingen La Ville Lumière zeigen, was, wie er ihnen unverdrossen erklärte, Stadt der Lichter bedeutet und nicht Stadt der Liebe. Wallys Frau, Viva Leland, war Zahnärztin und Vollzeitmutter.

Für einen Außenstehenden hatte es den Anschein, als freuten sich Wally und Imogene, dass sie einander begegnet waren, aber natürlich kann der Schein trügen.

420.
»Zauberst du immer noch Soufflés?«, fragte Wally.
»Eclairs«, antwortete Imogene. »Und – oui.«

421.

FINIS

422.
Dies ist nicht das erste Mal, dass unser Buch mit quietschenden Bremsen zum Stehen gekommen ist. Eingeweihte Kreise vermuten, dass es nicht das letzte Mal war. So ist eben das Leben. Alles endet – normalerweise nicht schnell genug und häufig in einem Straf- und Zivilprozess. Aber dies hier ist nicht das Leben, genauso wenig wie das da das Leben war. Außerdem weiß doch jeder, dass nichts ein Ende hat, bloß eine sich unaufhörlich bewegende Mitte.
Während Sie versuchen, dieses unlösbare Paradoxon aufzudröseln (Sie wissen schon, das endlose Ende), wollen wir zu unserer sich unaufhörlich bewegenden Mitte zurückkehren. Genauer gesagt, zu den Vorgängen in Kapitelchen 391.

423.
Wann waren wir stehengeblieben?

424.
5.03 Uhr.

425.
5.03 Uhr?
Entschuldigen Sie mich.
Meine Plätzchen verbrennen!

426.
Wallace Gilfeather-Yez Jr. wurde nach einem erbitterten Neununddreißigstundenkampf auf die Welt gezerrt. Als Imogene das Neugeborene in den Armen hielt, sah sie ihm in die Augen und sagte: »Ob ich dir wohl jemals vergeben kann?«

427.
Während der Besuchszeiten prüfte Imogene die Haken-und-Ösen-Muster und Pantaloon-Prototypen aus ihrer Krankenhaustasche und übertrug ihrer Assistentin verschiedene buchhalterische Aufgaben, die für sonst niemanden von Interesse sind. Als sie sich von Harriet verabschiedete, dankte sie ihr für die Baby-Trageschale, obwohl sie lieber eine Vespa in Excalibur-Grau gehabt hätte. Das Baby schlief wie ein Baby.

428.

Wally Jr. konnte noch etwas wie ein Baby: schreien. Imogene spielte mit dem Gedanken, die Feuerwehr zu rufen. Ihr Mutterschaftsurlaub dauerte keine fünf Minuten. Wally (Senior) – typisch – nahm sich gern zwei Wochen frei, bis Rosie von der Kindermädchenagentur anfangen konnte.

429.
Die Zeit – typisch – verging, und Wallace Gilfeather-Yez Jr. wurde drei. »Was ist dein Lieblingstier?«, fragte sein Vater. »Ist ein Zwerg ein Tier?«, fragte klein Wally zurück, und als er eine abschlägige Antwort bekam, legte er eine nachdenkliche Pause ein. »Dann eine Kuh«, sagte er. Nur wenige Meter entfernt, in der Speisekammer, bellte ein mit einer Schleife um den Hals geschmückter Welpe.

430.
Ein Welpe, ein Kleinkind.

431.
Imogene blieb eisern: kein zweites Kind. Sie hatten doch schon eins – oder war das etwa keins?

432.
LinLin Gilfeather-Yez erblickte in Nanchang das Licht der Welt, in der chinesischen Provinz Jiangxi. Als Wally und Imogene den kleinen Wally Jr. (beziehungsweise Flummi, wie er inzwischen genannt wurde) mit seinem Schwesterchen bekannt machten – biss er es in den Hals.

433.
LinLin Gilfeather-Yez' erstes Wort war aua!

434.
Es war auch ihr drittes Wort.

435.
Und ihr siebentes.

436.
Das fing ja gut an.

437.
Wie jeden Abend schlich Wally sich auf Zehenspitzen in LinLins Zimmer, um sich zu überzeugen, dass das Kind nicht entführt, ermordet oder gegen ein Mensch-ärgere-dich-nicht-Püppchen, einen Kerzenhalter, einen Laib Brie oder eine Dose Insekten-

spray ausgetauscht worden war. Als Wally sich an diesem Abend gerade wieder hinausschleichen wollte, verblüffte LinLin ihn damit, dass sie die Augen weit aufklappte und das erste Wort von sich gab, das keine Schmerzensbekundung war. Berserkergleich riss Wally sie aus dem Bettchen und rannte mit ihr durch die Diele zu Imogene, die im Badezimmer Stoffe färbte und dabei eine ziemliche Sauerei anrichtete. »Sag es noch mal, für Mommy«, bat Wally. »Bitte, Schätzchen.«

438.
»Verräter«, sagte die Siebenundzwanzigwöchige.

439.
Frühreifer geht's nimmer. Nur schade, dass es keine Säuglingsolympiade gibt.

440.
Eines Tages sahen Wally und Imogene fasziniert mit an, wie Lin-Lin nach einer frischen Windel griff und sich nach längerem Herumgewälze auf dem Fußboden erfolgreich selbst wickelte. Wally klatschte begeistert Beifall, hob sie hoch und warf sie übermütig in die Höhe. »Immy, bitte«, sagte er, nachdem das Kind wieder sicher in seinen Armen gelandet war. »Du musst mir erlauben, sie mit ins Labor zu nehmen und an ein paar Elektroden anzuschließen. Sie ist das ideale Forschungsobjekt.«

441.
Als Imogene am selben Abend aus dem Büro kam – und noch bevor sie den Mantel ausgezogen hatte –, eröffnete sie Wally, dass sie das Handtuch werfen beziehungsweise die Unterwä-

sche an den Nagel hängen wolle. »Hör dir das an«, sagte sie und zog einen Zeitungsausschnitt aus der Tasche: »Vergangenen Donnerstag wurde die Hausfrau Dee Dee Doe in ihrem privaten Fitnessraum erdrosselt aufgefunden, den Träger ihres Featherware-BHs um den Hals.«
»Das kann schon mal passieren«, sagte Wally, um sie aufzubauen.
Imogene las weiter. »Laut den Angaben eines Rechtsanwalts, der ungenannt bleiben möchte, ziehen die Hinterbliebenen des Opfers eine Klage in Erwägung. Er macht das Bekleidungsstück für die Tragödie verantwortlich.« Imogene seufzte. »Der war aus unserer Last-Dance-Kollektion. Wieso hatte sie keinen Sport-BH an?«
»Die Sache hat auch was Gutes.« Wally tätschelte seinen Rettungsring. »Noch ein Grund mehr, keinen Sport zu treiben.« Und ließ sich in den Sessel plumpsen.

442.
Am nächsten Tag hatte es die Story bis auf die Seite drei der Tageszeitung geschafft. Der BH hieß nur noch »der Isadora-Duncan-BH«.

443.
Nicht jede Nachricht ist eine gute Nachricht.

444.
Die Verteidigung führte die geschichtlich belegte Ungefährlichkeit von Unterwäsche an. Die Parteien einigten sich außergerichtlich. Featherware sicherte zu, in Zukunft sämtliche Artikel mit einem Warnhinweis zu versehen.

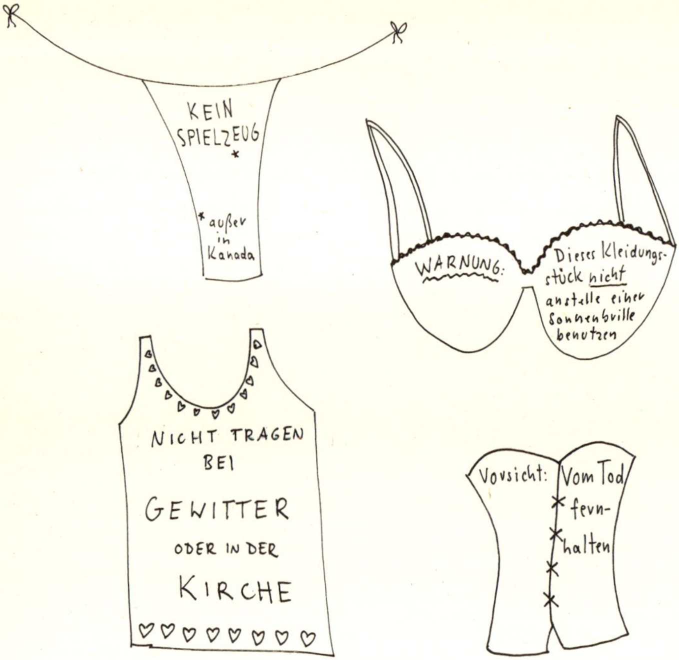

445.
Am Markt gibt es Einkäufer und Verkäufer. Imogene hatte die Nase voll vom Verkaufen. Wollte sie Einkäuferin werden? Eigentlich nicht.

446.
Die Kosten für New Yorker Privatschulen sind bestens dokumentiert.* Wir können darauf verzichten, die Zahlen auf diesen Seiten noch einmal aufzuwärmen. Es versteht sich von selbst, dass Wally und Imogene an den Stadtrand zogen – um dort, wie sie sagten, ihrer jeweiligen Midlife Crisis zu harren.

*
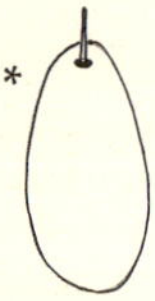

447.
Sie nahmen einen Kredit für ein Haus auf, das sie nicht wollten. Ein größeres Erbe wäre ihnen sehr gelegen gekommen. »Wieso«, fragte Imogene, »sterben eigentlich nur die Habenichtse?«

448.

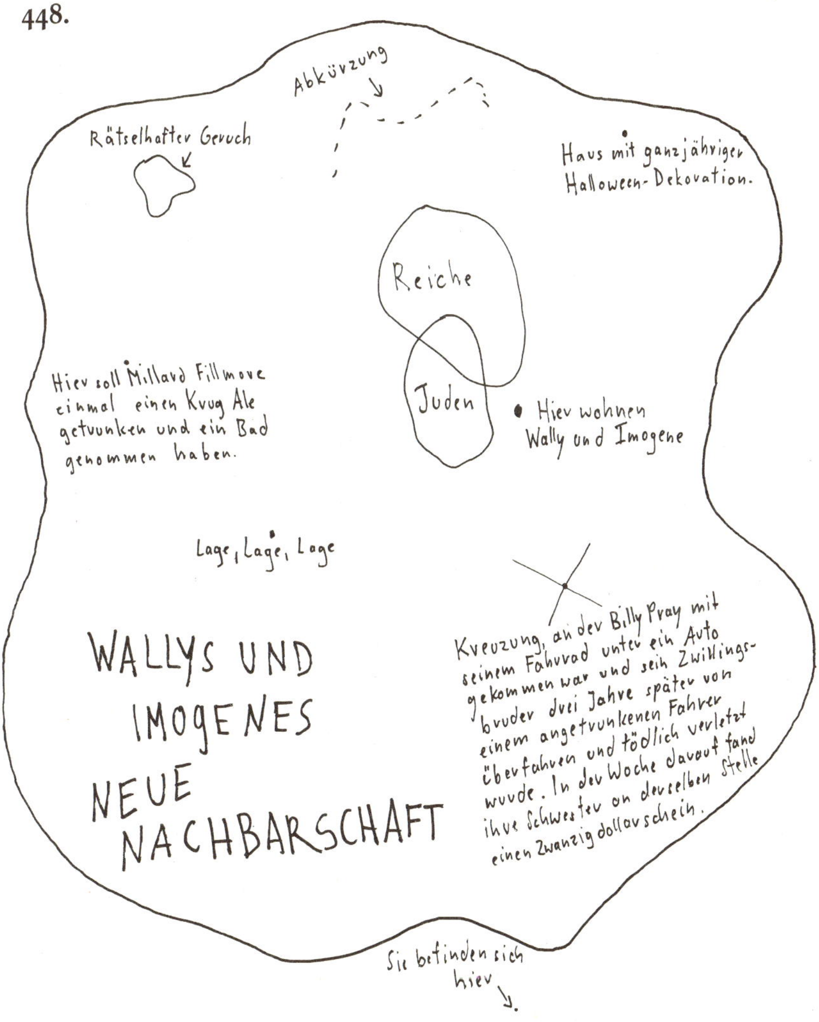

449.
Ziemlich bald, nachdem sich die Familie Gilfeather-Yez in ihrem neuen Heim niedergelassen hatte, kam Harriet zu Besuch. Sie brachte Geschenke für die Kinder mit, einige Schecks, die Imogene unterschreiben musste, und eine Tüte Lebensmittel, weil es am Stadtrand so gut wie nichts zu kaufen gibt. Imogene hatte Harriet schon länger nicht mehr gesehen. Sie konnte sich nicht erinnern, wann sie zuletzt jemanden gesehen hatte, bei dem es sich nicht um Verwandtschaft, den UPS-Mann, eine medizinische Fachkraft oder eine Zeichentrickfigur handelte. Obwohl sie sich nach Kräften bemühte, in Erwachsenenwörtern mit Harriet zu reden, hätte sie sich um ein Haar einen ungeheuerlichen Patzer geleistet: Nachdem sie eine Tasse Kaffee umgekippt hatte, rief sie nämlich: »Scheibenkleister – ich meine, Scheiße.« Während die Kinder und der Hund ein Nickerchen machten, führte sie Harriet bis in die hintersten Winkel durchs Haus. »Das hier war früher das Wäschezimmer«, sagte Imogene, »aber wer will seine Wäsche schon unten erledigen? Deshalb wollten wir es zur Speisekammer umfunktionieren, und dann dachte ich auf einmal ›Speisekammer‹? Warum reißen wir nicht lieber die Wand raus – da war nämlich früher eine Wand –, dann gewinnen wir, wenn wir noch ein paar Quadratmeter vom Heizungskeller abknapsen, ein Spielzimmer.«

450.
Harriet nickte.

451.
»Möchtest du wirklich nichts mehr essen, Harr?«, fragte Imogene.
»Äh«, sagte Harriet. »Meinst du, wenn ich jetzt gleich losgehe, schaffe ich den Fünfachtundfünfziger noch?«

»Aber ich hab dir doch noch gar nicht den Kriechkeller gezeigt.« Imogene hielt ihr einladend die Tür nach unten auf. Harriet sah auf die Uhr. »Wenn Wally nach Hause kommt«, sagte Imogene, »kann er dich zum Bahnhof bringen.«
»Es ist bloß, weil ich Lawrence gesagt habe …« Harriet brach mitten im Satz ab.

452.
Imogene blieb nichts anderes übrig: Sie bot Harriet einen Anteil an der Firma an – anfangs nur 15 Prozent, aber als es so aussah, als ob sie den Fünfachtundfünfziger tatsächlich noch erwischen könnte, ging sie auf 25 hoch. »Danke, dass du mit mir teilst«, sagte Harriet trocken.

453.
Harriet blieb zum Abendessen, einem Essen zu zweit, weil Wally noch nicht zu Hause und die Kinder noch nicht reif genug fürs Esszimmer waren. Nachdem Imogene Flummi und LinLin ins Bett gebracht hatte, gelang Harriet die Flucht. »Ich bin ja so neidisch auf dein Glück«, sagte sie zu ihrer neuen Geschäftspartnerin, als diese sie zur Tür begleitete.

454.
Hat schon mal irgendwer Imogene weinen sehen? Patty jedenfalls nicht. Aber als Wally von der Arbeit kam, weinte sie zum Steinerweichen. Flummis Big Boy-Rennwagenbett war ihr zum Verhängnis geworden. Erst war am Fußende der Kühlergrill abgefallen und dann auch noch ein Rad samt Radkappe. Während Flummi einen Tobsuchtsanfall hatte, gab Imogene ihr Bestes, das Wrack zu reparieren, doch dann lag auf einmal auch noch das Chassis da, wie ein gekentertes Boot. LinLin probierte eben-

falls ihr Glück, aber die Kraft eines Babys hat Grenzen, auch wenn es sich bei dem Baby um LinLin handelt.
Heute Nacht würde es keine Ruhe geben.

455.
Es würde viel von Wickelplänen die Rede sein.

456.
»So hab ich mir das nicht vorgestellt«, wimmerte Imogene.

457.
Wally wusste genau, was sie meinte.

458.
Wally hatte sich nämlich ebenfalls etwas anderes erwartet: dass sich die Sonnenenergie durchsetzen, Geld keine Rolle mehr spielen und die Erdnussbutterplätzchen so lecker schmecken würden, wie sie auf der Schachtel abgebildet waren. Davon einmal abgesehen, war er glücklicher als in seinen kühnsten Träumen. Die Welt hatte gehalten, was sie ihm versprochen hatte. Und noch was draufgelegt. Diese Meinung behielt er vorläufig lieber für sich. Stattdessen baute er schnell und ohne viele Worte das Bett wieder zusammen. »Immy, du hast die ganze Vorarbeit geleistet.« Er tätschelte ihr den Kopf. »Ich brauchte nur noch letzte Hand anzulegen.«
(In jener Nacht hing voll und tief der Mond am Himmel, und vor der Scheibe stand blass ein Mondregenbogen. Ein wahrlich seltenes Ereignis.)

459.
Imogene hatte Untersuchungen darüber gelesen, was aus den Kindern voll berufstätiger Mütter wurde. Die Prognosen sahen düster aus. Depressionen, Drogen, Selbstmorde, Astigmatismus, Unterschlagungen, Attentate, Pleiten, Entführungen durch Außerirdische, Phantomglieder, eingewachsene Zehennägel an Phantomgliedern, Läuse, Motten, Spliss, Skrofulose. Flummi stand in ihren Augen schon jetzt ein bisschen auf der Kippe. In letzter Zeit schleppte er aus dem Haus von Freunden, bei denen er zum Spielen gewesen war, den Klostampfer der Familie an.

460.
Man hätte es Diebstahl nennen können.

461.
Flummi nannte es Rache.

462.
»Rational« wusste Imogene, dass sie nicht »alles« haben konnte, aber genauso »rational« sah sie das überhaupt nicht ein. Sie rief Harriet an und forderte ihren Schreibtisch zurück. Sie bat nicht. Sie forderte. Es war Imogenes Schreibtisch.

463.
Ach, die Erwachsenenwelt mit ihren Babydolls, Hemdchen und Höschen. Von figurformender Latexwäsche ganz zu schweigen.

464.
Wenigstens gab es noch das Wochenende.

465.
Eines Samstagmorgens, circa gegen Morgengrauen, stieß Imogene sich den großen Zeh an einem Plastikbrontosaurier, der woanders hingehörte. »Glaubst du, er ist hinüber?«, fragte sie, während sie zu Wally humpelte, der eben erst mit dem Vorlesen eines Buchs über kleine Laster und große Laster fertig geworden war. Sie meinte ihren Zeh, nicht den Saurier, denn der hatte sich bereits als unzerstörbar erwiesen, nachdem er von einem großen und einem kleinen Auto überfahren und einmal in der Maschine mitgewaschen worden war. »Wenn ja«, sagte Wally, »gibt es nichts, was die medizinische Forschung für ihn tun kann.«

466.
Imogene ließ sich zu Boden sinken, ein Bild des Jammers angesichts der Grenzen der medizinischen Forschung, für die Wally mitverantwortlich war.

467.
»Weißt du noch, dass wir mal dachten, wir stünden über solchen Dingen?«, fragte Imogene.

468.
»Ich weiß noch, dass du das dachtest«, antwortete Wally.

469.
»Doch«, fuhr er dann fort. »Ich weiß noch, dass wir das dachten.«

470.
Aber er meinte es nicht.

471.
Nach diversen Baumhauskatastrophen, Wäscherutschenabstürzen, sogenannten Löffelunfällen und dem oftmals bösen Ausgang des Spiels »Totes Mädchen« war Familie Gilfeather-Yez in der Notaufnahme ein häufig gesehener Gast. In der letzten Woche war mal wieder Flummi an der Reihe gewesen. Seine Eltern hatten ihn ins Krankenhaus gebracht, völlig außer sich, weil er sich eine von LinLins Princess-Perlen in die Nase gefummelt hatte, wo sie, wie es schien, unwiederbringlich feststeckte. »Das wird jetzt ein wenig unangenehm, aber dann ist es auch schon wieder vorbei«, sagte der Arzt, der eine Stirnlampe trug. Sagte er es zu Flummi oder zu Wally und Imogene? Wie auch immer, nachdem er den Fremdkörper entfernt hatte, schrie Flummi, die fragliche Perle sei aber gelb gewesen.

472.
Nicht blau.

473.
Am nächsten Tag wiederum erlitt LinLin einen Arbeitsunfall, während sie ihrem Bruder bei seinen Zielübungen als Ziel diente. Was das Fass gewissermaßen zum Überlaufen brachte.

474.
Sie bekamen Besuch vom Jugendamt.

475.
»Dafür gibt es eine Erklärung«, sagte Imogene.

476.
Die Besucherin schien sie nicht zu hören, denn sie war schon auf dem Weg in den Keller, vermutlich auf der Suche nach dem Würgeholz.

477.
»Besitzen Sie elektrische Zahnbürsten?«, wollte die Frau wissen.

478.
War das eine Fangfrage?

479.
Wally sagte ja.

480.
Imogene sagte nein.

481.
Es wurde Meldung gemacht.

482.
Wally bekam einen Anruf vom Jugendamt: Imogene und er seien auf Bewährung gesetzt worden. »Auf Bewährung?«, sagte Wally.

483.
Am nächsten Morgen weigerte sich Flummi, dem die Verschiebung im Machtgefüge offenbar nicht entgangen war, seine Count Chocula Gruselfrühstücksflocken zu essen, es sei denn, er dürfe sich Tomatensaft drüberkippen.

484.
Imogene überlegte es sich zweimal, ob sie ihrem Sohn befehlen konnte, die Klappe zu halten und zu essen. Sie konnte.

485.
Dass Imogene ihn – nicht nur einmal – drängte, eine Lebensversicherung abzuschließen, brachte Wally auf den Gedanken, dass sie über seine Gesundheit womöglich besser informiert war als er selbst. Oder hatte sie vor, ihn abzumurksen? Acht Millionen Dollar sind schließlich kein Pappenstiel. Als sein Flieger sicher in Dallas-Fort Worth aufsetzte, überkam ihn doch tatsächlich ein leises Gefühl der Enttäuschung.

486.
Letzten Endes gibt es sowieso keine Überlebenden.
(An der Küste hielten sich vereinzelte Nebelfelder, mit Sichtweiten unter zwei Metern. Aber weiter wollte zum Glück sowieso niemand sehen.)

487.
Obwohl Flummi zu alt war, um ins Bett zu machen, gelang es ihm, entgegen aller Wahrscheinlichkeit, fast jede Nacht.

488.
Er kam zu einem Kinderpsychologen, der ihn beim Spielen mit Bauklötzchen beobachtete und anschließend sein Urteil fällte.

489.
»Der Junge ist ein nichtsnutziger Faulpelz, der es niemals an die Uni schaffen wird.«

490.
»Was haben wir nur falsch gemacht?«, fragte Imogene auf der Heimfahrt. »Ach, Wal!«, stöhnte sie. »Sollen wir ihm einen Bauklötzchennachhilfelehrer suchen?«

491.
»Ich glaube, wenn ich noch mal ganz von vorn anfangen dürfte«, sagte Wally, »würde ich Polymerchemiker werden.«

492.
LinLin dagegen war das perfekte Kind. Sie schrie nie, aß mit großem Appetit, schlief ein, sobald sie in ihrem Bettchen lag, und interessierte sich für Bücher, soweit man das Zerreißen selbiger als Interesse bezeichnen kann. Als Imogene sie zum ersten Mal in der Kindertagesstätte ablieferte, macht LinLin keinerlei Theater. Die anderen Eltern waren neidisch. Wieder zu Hause, rief Imogene in ihrer nicht gerade geringen Verzweiflung als Erstes Wally an: »Ich habe gelesen, dass es ein schlechtes Zeichen ist, wenn es keine schlechten Zeichen gibt.«

493.
»Gut, aber bei der Körpergröße ist sie nur auf der 63. Perzentile«, beruhigte Wally sie.

494.

Eine gerahmte Nachricht von Flummi

495.
Laut Jean-Jacques Rousseau – dem politischen Philosophen, nicht dem Eiergroßhändler aus Indianapolis – erlangt wahres Glück nur der, der tiefe Seelenruhe findet. So tief muss sie sein, dass dem, der sie gefunden hat, die Zeit stillzustehen scheint. Imogene und Wally brauchten keinen Rousseau, um zu wissen, dass sie nicht glücklich waren.
(Infohäppchen für zwischendurch: Jean-Jacques Rousseau hatte fünf Kinder. Er schob sie samt und sonders ins Findlingsheim ab.)

496.
Wally und Imogene zankten sich, wer zu Hause bleiben und wer zum Vorschulelternorientierungsabend gehen durfte. Oder *musste.* Das war ihnen beiden nicht ganz klar. An der Familienfront war die Katastrophe vorprogrammiert. In den Gefilden der Bildung hockte man an kleinen Tischchen und lauschte – zusammen mit drei Immobilienmaklerinnen, zwei Schmuckdesignerinnen, einer Therapeutin, fünf Nurhausfrauen, einer traurigen Witwe und einem Großhändler für koschere Rinderbrust – Miss Scattergoods Verlautbarungen darüber, an welchen Tagen es zum (rosinenfreien!) Plätzchen Saft geben würde und warum man sich nach dem Toilettengang die Hände zu waschen hat. »Ich muss hier raus«, dachte Imogene. »Ich muss hier raus«, dachte Wally.

497.
Es gab sie also doch, die Momente, da Imogene und Wally einer Meinung waren.

498.
Oliver, ein Junge aus Flummis Klasse, starb, während er an seinen Hausaufgaben saß. Am nächsten Tag wurde die große Pause der Schuljahre eins bis vier um fünfzehn Minuten verlängert. Außerdem durften die Kinder – mussten aber nicht – das »Aufrichtige Anteilnahme«-Poster unterschreiben, das Rektor Rakoff zu diesem Anlass selbst gebastelt hatte.

499.
Flummi schrieb an Olivers Eltern: »Vielleicht ist er garnicht tod! ☺.«

500.

Andere Kinder in ihrem Alter waren dem Wort höchstwahrscheinlich noch nie begegnet, LinLin dagegen, frühreif, wie sie war, konnte mit dem Wort *Insolvenzverwalter* sogar einen vollständigen Satz bilden. »Ihr müsst versprechen, mich nicht auszulachen«, sagte LinLin eines Abends beim Zubettgehen zu Imogene und Wally, »aber ich glaube fast, ich bin ein Insolvenzverwalter.« Sie setzte sich kerzengerade im Bett auf und trug ihre Argumente vor. Sosehr Imogene sich auch bemühte, sie konnte ihr Entsetzen nicht verbergen.

501.

Vor LinLins Kinderzimmer fragte sie Wally flüsternd: »Muss sie zum Psychiater?«

»Am besten lassen wir sie in Ruhe.« Wallys Blick ruhte versonnen auf seiner Tochter, die trotz verknoteter Gliedmaßen bereits tief und fest eingeschlafen war. Ohne Wissen ihrer Eltern hatte LinLin sich diese Schlafposition selbst antrainiert. Sie schien ihr am besten dafür geeignet, bis in alle Ewigkeit darin auszuharren, falls sie in der Nacht von etwas Grauenvollem heimgesucht wurde und in eine Schreckstarre verfiel. »Sie sieht so glücklich aus.«

»Aber, Wal«, sagte Imogene.

»Und überhaupt«, sagte Wally. »Woher wollen wir eigentlich wissen, dass sie kein Insolvenzverwalter ist?«

502.

Imogene befürchtete, dass es früher oder später ein böses Erwachen geben würde.

503.
Doch das böse Erwachen wollte sich, zumindest vorläufig, einfach nicht einstellen. LinLin hatte zahllose Freunde, war der Liebling von Lehrern, Babysittern und Essenslieferanten und wurde in der ersten Klasse von ihren Mitschülern zur Hoffnungsträgerin für die zweite Klasse gewählt. LinLins hartnäckiges Problemmanko verdross Imogene ungemein.
»Können wir es nicht endlich hinter uns bringen?«, dachte sie.

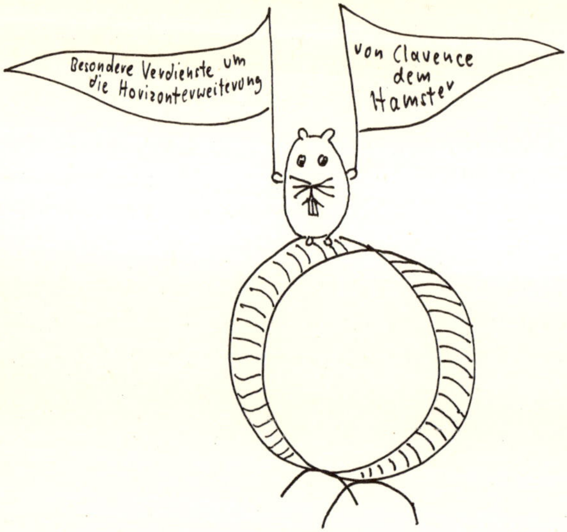
Besondere Verdienste um die Horizonterweiterung
von Clarence dem Hamster

1. Preis
BRANDSCHUTZ
(bei den Mädchen)

Längstes Durchhaltevermögen auf dem Platz neben NATHAN SCHMUCKLER
LERNSTUHL EMERITUS

504.
Imogene war derart beunruhigt, dass sie irgendwann Dr. Kleaner aufsuchte. »Darf ich Ihnen einen Rat geben?«, fragte sie. »Schaffen Sie sich nie Kinder an.«
»Gut.« Der Arzt nickte.
»Sind nicht manche Unendlichkeiten unendlicher als andere?«, fragte Imogene.
Dr. Kleaner stellte ein Rezept für LinLin und eins für Imogene aus. Und eins für sich selbst.
Imogene wollte eben zur Tür hinaus, als Dr. Kleaner »Klopf, klopf« sagte.

505.

PASTAFORMEN, DIE FLUMMI AKZEPTIERT UND VERSCHMÄHT – EIN ÜBERBLICK

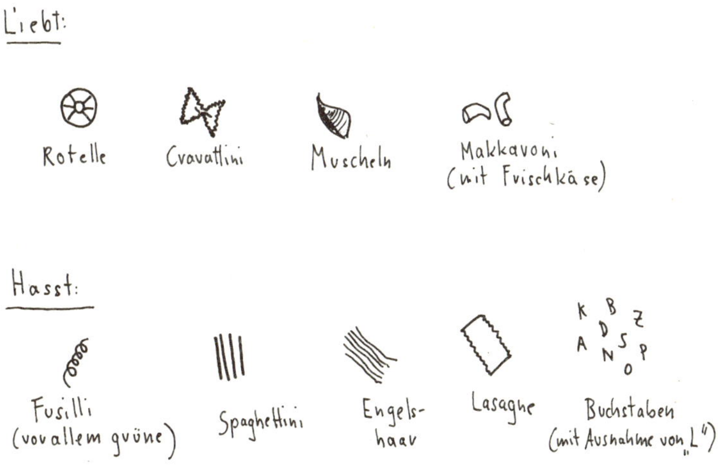

506.

Für diejenigen Leser, die von der Kürze der Kapitelchen konsterniert sind, hat Patty eine Frage: »In letzter Zeit schon mal einen Blick auf das Leben geworfen, hm?«

507.

Das Leben – zu kurz? »Nicht kurz genug«, dachte Wally. Er saß in seinem Labor bei Weenix Corp. und wartete – aus wissenschaftlichen Gründen – darauf, dass das x-te Backenhörnchen die x-te Nuss verdaute.

508.

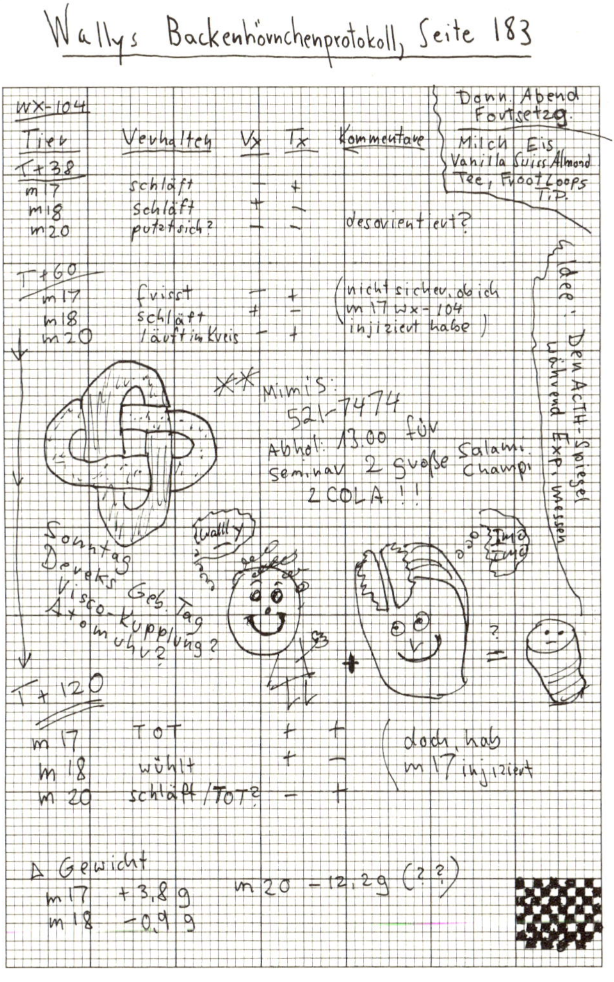

509.
Die Hausaufgabenjahre.

510.
Es war eine Zeit der Ungewissheit, des Blutvergießens, der Zwietracht, des Kampfes Bruder gegen Schwester, des Kampfes Mutter gegen Vater, des verschmähten Spinats, des Bruchrechnens.

511.
»Mom, wie rum sieht mein Kragen besser aus? So rum ...?« Flummi stand still, um sich von seiner Gewährsfrau betrachten zu lassen, und als es ihn dünkte, dass es des Betrachtens genug war, fragte er: »Oder so rum?«

512.
Im Auge der Betrachterin blieb der Kragen gleich. Für den Knaben jedoch, der in das Mädchen verliebt war, das nicht einmal seinen Namen kannte, war er schief gewesen, eine Nuance zwar nur, aber eine entscheidende.

513.
»Äh, so wie beim zweiten Mal, Flummilein«, antwortete Imogene abwesend. Wie hieß noch gleich dieses Wort, das ihr partout nicht einfallen wollte? So ähnlich wie ethnische Säuberung. Bloß anders.

514.
»Meinst du echt?« Flummi drehte sich zum Spiegel. »Und du findest auch nicht, dass ich mit meinen Haaren wie ein Pferd

aussehe? Das soll nämlich der Look von diesem Präsidenten sein, von Andrew Jackson.«

515.
»Genozid!«

516.
Auf Sepkowitzens Dinnerparty saß Imogene neben einem Psychoanalytiker, der ihr erzählte, das Elterndasein sei eine bereichernde Erfahrung.
»Und in welcher Hinsicht genau bereichernd?«, fragte Imogene.
Darauf konnte oder wollte der Arzt nicht antworten. Konzentriert schob er sein Essen zu kompakten, einander nicht berührenden Häufchen zusammen. Die Antwort lautete auf jeden Fall nicht in finanzieller Hinsicht.
Und wie war es um Imogenes anderen Tischnachbarn bestellt? Er arbeitete als Ingenieur im Verkehrsministerium, wo er Verkehrsabläufe auf Brücken kartierte. Zurzeit gönne er sich, wie er Imogene wissen ließ, ein Sabbatjahr, als Freiwilliger an einer benachbarten Highschool, wo er den Trophäenschrank umorganisiere.
Imogene verfolgte die Aktivitäten am anderen Ende des Tischs. Da unten wurde gelacht und geplaudert, gelauscht und zugehört. »Wie angeregt sie sich unterhalten«, dachte Imogene. »Wie charmant sie schäkern, Bündnisse schmieden, Geschäfte abschließen, Insider-Wissen verbreiten, Pikanterien austauschen, die Katze aus dem Sack lassen, aus dem Nähkästchen plaudern, kein Blatt vor den Mund nehmen und einander mit ihren Geschichten vom Hocker hauen.« Wieso mussten sich die spannendsten Sachen immer am anderen Tischende abspielen?

517.
Wieso musste es ausgerechnet da unten immer zugehen wie auf einer französischen Dinnerparty?

518.
Wally saß im Zentrum der ausgelassenen Runde, neben einem ehemaligen Rock 'n' Roll-Star und einem Model, das kürzlich zur Kultusministerin eines afrikanischen Landes ernannt worden war. Auf seiner anderen Seite saß Jesus Christus.

519.
Neben Imogene unterwarf der Psychoanalytiker seine Karotten der Quarantäne und schloss den Kartoffelauflauf aus der Gemeinschaft der Beilagen aus.

520.
Man hätte es sich denken können. Auf Sepkowitzens nächster Dinnerparty saß Imogene neben einem Mann, der Maschinenteile für Maschinen herstellte, die Maschinenteile herstellten. Er habe einen depressiven Eindruck auf sie gemacht, sagte Imogene après Party zu Wally, auf den der Mann einen undepressiven Eindruck gemacht hatte.
Imogene schüttelte den Kopf. »Wer sich ein Sommerhaus in Nebraska kauft, muss depressiv sein«, sagte sie.
»Nebraska? Wo sie Gott wegen Verbrechen gegen die Menschlichkeit den Prozess machen wollten?«, fragte er.
»Jepp.«
»Interessant«, sagte Wally.

521.
Das Leben versucht ständig, uns ein Beinchen zu stellen, aber gegen Wally hatte es nicht den Hauch einer Chance.

522.
In jener Nacht musste Imogene unmittelbar vor dem Höhepunkt des Aktes gähnen. Wally merkte nichts davon. Wenn man den Illustrierten glauben kann, die im Supermarkt an der Kasse ausliegen, kommt so etwas ständig vor.

523.
Als Wally eingeschlafen war, zählte Imogene die Meilen, die sie beim Herumkutschieren der Kinder zusammengebracht hatte. Wäre sie immer nur geradeaus gefahren und ihr Auto ein Amphibienfahrzeug, hätte sie inzwischen wahrscheinlich schon die Pyrenäen überquert.

524.
Patty war noch nie in den Pyrenäen, aber dafür in Upper Darby, Pennsylvania. Auch in der Hölle und wieder zurück.*

* Gesamtmeilenzahl: 13 435 637; Toilettenpausen: 1; bestes Andenken: Limbus-Geschirrtuch.

GE
Kanada
(Hauptstadt = Alaska)
Kontinentalwo
(bzw. -schel
Unerf
Terri-
od
Dsch
Grönland
Funkloch
Fehlendes Puzzleteil
$199 Flug nach New York
Die mächtigen Alpen
Links-dakota
Rechts-dakota
Bobs Land
Sorghum-Hirse
Neu-China
Grover's Corners
Spachtel
Mexiko
Denen ihr Meer
Äquator
* Ei
kön

OGRAPHIE, WIE FLUMMI SIE SAH

525.
(Über Nordsüddakota gehen erst viertel-, dann halbdollargroße Hagelkörner nieder – Dutzende Haushalte ohne Strom. Darüber diebische – und hämische – Freude in Südnorddakota.)

526.
Imogene bekam einen Anruf von Missy Winkelman: Sie wisse, es sei etwas kurzfristig, aber sie müsse die Thanksgiving-Einladung leider absagen. Hätte das Telefon nur wenige Minuten später geklingelt, wären Imogenes Pastinakenpüree und der Rosenkohlblättchenauflauf sicher in Alufolie verpackt und die Gilfeather-Yezens zu den Winkelmans unterwegs gewesen.
»Dann müssen wir wohl zu Hause bleiben und uns das Spiel ansehen, was, Dad?«, sagte Flummi, als er davon erfuhr.
»Es ist gesetzwidrig, einen nationalen Feiertag abzusagen«, sagte LinLin, als sie davon erfuhr.
»Wieso bist du bloß immer so anti-illegal?« Flummi zog seine Jacke aus und warf sie seiner Schwester an den Kopf.
»Mom!«
»Okay, das reicht«, sagte Imogene.

527.
So viel zum Thema Understatement!

528.
Als die Kinder auf ihren Zimmern waren, flüsterte Imogene: »Howie hat eine Affäre mit einer vierundzwanzigjährigen Tanztherapeutin.«
Nach einer längeren Denkpause sagte Wally: »Ich glaube, ich weiß, mit welcher.«
»Schlimm für Missy«, sagte Imogene, »aber wenn wir uns auf

die eine oder andere Seite schlagen müssen, bin ich für Howie. Er hat einen Rasenmäher.«

529.

Howie? Wer ist Howie? Patty kennt einen Hal, einen Howard, einen Hubert und einen Bob, aber keinen Howie. Ehrlich gesagt, kennt Imogene ihn auch noch nicht, und wie ich Patty kenne, wird sie ihm nun vermutlich nie begegnen.

530.

Wally und Imogene waren im Keller und stritten über den Heizkessel, als Flummi die Treppe herunterkam. Er müsse mit ihnen reden, es könne nicht warten. »Du weißt ja hoffentlich, dass wir dich noch genauso lieb haben würden, wenn du schwul wärst«, sagte Wally und fügte hinzu: »Vielleicht sogar noch mehr.« Flummi verdrehte die Augen.

»Nun übertreib mal nicht«, sagte Imogene.

531.

»Von heute an«, sagte Flummi, »heiße ich Irving.«

(Die Irving-Phase war nicht von langer Dauer, aber von längerer als die Floyd-Phase. Am Ende der Woche war Wallace Gilbert Gilfeather-Yez Jr. wieder Flummi, und der wird er auch bis zum Ende dieses Buches bleiben.)

532.

Imogene hatte erkannt, was es heißt, eine Beziehung zu führen: sich immer wieder neue Ausdrücke für »Ich hab's dir ja gleich gesagt« einfallen zu lassen.

533.
Wallys Arbeitskollege steckte den Kopf ins Labor. »Hier will dich jemand sprechen, und zwar dringend«, sagte er. Wally warf ein Kügelchen Kraftfutter auf ein Häufchen Zedernholzspäne.
»Ich nehme doch an, du bist auf dem Laufenden, was Fraziers Forschungsergebnisse in der aktuellen *Aging Cell* angeht?«, drang es an Wallys Ohr. Er brauchte sich nicht umzudrehen, um zu wissen, wer es war. Gwen wusste immer ein Quäntchen mehr als er, und manchmal sogar anderthalb Quäntchen.
Er betrachtete sie. Konnte das dieselbe Frau sein, mit der er sich so viele Museumspartnermitgliedschaften geteilt hatte? Und wie viele Jahre war es nun schon her, dass Gwen ihn wegen Leonard verlassen hatte?
Hatte sie das? War es tatsächlich so gewesen?

534.
Irgendwo müsste Patty mit der Aussage aktenkundig geworden sein, dass man nie mit Sicherheit sagen kann, wer der Verlassene und wer der Verlassende ist.

535.
Egal. Wally betrachtete Gwen voller Zuneigung, Sympathie, Nostalgie, Trauer und Wohlwollen.

536.
Plus Begierde.

537.
Ihm gefiel ihre Bluse.

538.
»Wie geht's Tran?«, fragte er.

539.
»Trench«, sagte Gwen. »Er wurde in der Mittelstufe wegen Unterschlagung der Schule verwiesen.«
»Kinder«, sagte Wally. Und was hätte man auch sonst sagen können?

540.
Nicht die richtige Antwort: *»Sie werden viel zu schnell groß, nicht wahr? Da wechselt man ihnen eben noch die Windeln, und im nächsten Augenblick hinterlegt man schon eine Kaution wegen Zurschaustellung einer Leichenbittermiene in Tateinheit mit vorsätzlichem Herumlungern.«*

541.
»Ich komme aus einem ganz bestimmten Grund«, sagte Gwen. Wally schwante nichts Gutes. Ein Grund ist selten ein Grund, dachte er. Gwen griff in ihre Einkaufstasche und holte eine Plätzchendose heraus. Sie hatte doch wohl nicht etwa vor, ihn mit norwegischen Butterkeksen zu vergiften? Sie nahm den Deckel ab. In der Dose lag ein Häuflein kreideweißes Pulver.
»Holla die Waldfee!« Wally gab den ungläubig die Augen aufreißenden Spätzünder.
»Mach dir keine falschen Hoffnungen«, sagte Gwen. »Das ist Stuffy. Er ist aus dem Winterschlaf nicht mehr aufgewacht.« Sie nahm ein Becherglas aus dem Regal. »Soll ich dir die Hälfte seiner sterblichen Überreste hier reinkippen?«, fragte sie, augenscheinlich über jegliche Stufen der Trauer erhaben, möglicher-

weise mit Ausnahme von Zorn und Geldgier. »Deine Hälfte der Tierarztrechnung ist in der Post«, sagte sie, während sie kippte. Wally fand ihre Bluse längst nicht mehr so toll.

542.
Aber ihre Möpse nötigten ihm noch immer Respekt ab.

543.
Als Wally von der Arbeit nach Hause kam, gab er Imogene einen Kuss und tätschelte ihr T-Shirt. »Ich hab gerade im Radio gehört, dass Paare, die einander zum Lachen bringen und nicht streiten, länger leben«, sagte er.

544.
Imogene ließ sich diese Information durch den Kopf gehen. »Lohnt nicht«, sagte sie.

545.
Patty hat sich zu Bett begeben.

546.
Sie ist wieder auf. Puh! Das ging ja gerade noch mal gut.

547.
Im Labor wartete eine E-Mail mit dem Betreff »Hohe Priorität« auf Wally. Doch er hatte höhere Prioritäten. Er ging auf einen Sprung und einen Chocolate Chip Muffin in die Cafeteria, berechnete zusammen mit einem Kollegen, der sich ebenfalls ei-

nen Muffin holte, wie lange sie dafür brauchen würden, einen Damm quer durch den Bach neben dem Labor zu bauen, löste das Kreuzworträtsel, fragte herum, ob jemand ein Pfefferminzbonbon für ihn hätte, starrte die Backenhörnchen an, knackte mit den Fingerknöcheln, berührte seine Zehen und machte ein Nickerchen. Geweckt wurde er durch ein gesungenes Memo, vorgetragen von seinem Laborkumpel, der demnächst bei einer Amateuroper in Guttesdumberg, Tennessee, einen Termin zum Vorsingen hatte. In dem Memo, das vom Leiter der Forschungsabteilung stammte, wurde das Entwicklungsteam, zu dem auch Wally gehörte, angewiesen, unverzüglich mit klinischen Tests für den Brechreizhemmer – Codename Ephron – der Firma Weenix zu beginnen.
Auf der Arbeit arbeiten? Der Mann beliebte zu scherzen.

548.
Vielleicht wurde es allmählich Zeit, dass Wally dem Brechreiz Lebewohl sagte und eine andere Bestimmung fand. Er bereitete den Labortieren, die nur noch einen Tag zu leben hatten, die Henkersmahlzeit zu. Bereitete zu? Wickelte ihnen die Snickers und Reeses Peanut Butter Cups aus der Verpackung.

549.
Wallys Alternativen: Gesteinskunde studieren. Flussschiffer werden.* Ein Origamimuseum aus Dinkelpapier gründen. Einen Zeitungskiosk aufmachen, in dem es nur wochenalte Illustrierte zu kaufen gab. In alphabetischer Reihenfolge alle Bundesstaaten besuchen. Sich die Wampe abtrainieren. Levitieren lernen. Mit Flummi und LinLin eine unvergessliche Reise machen.

* Flussschiffer ist eines der wenigen nichtlächerlichen Wörter mit drei aufeinanderfolgenden ›s‹.

Stuffy klonen. Sich überlegen, wie er mit Beenish Asif Kontakt aufnehmen könnte. Ekzem heilen. Zum Zahnarzt gehen. Nicht zum Zahnarzt gehen.
Wally freute sich immer mehr über das, was vor ihm lag, bis das, was vor ihm lag, tatsächlich da war.

550.
Wally blieb bei Weenix. Ungeachtet aller Nachteile. Schließlich war er nicht mehr der Jüngste und musste realistisch sein: Die Muffins in der Cafeteria waren einsame Spitze, und er hatte seinen eigenen Parkplatz.

551.
»Ich möchte Ihnen sagen, dass dies die Folge eines Traumas ist«, sagte der Arzt, während er kopfschüttelnd Wallys Röntgenbilder betrachtete. Wally hatte ihn aufgesucht, um sich gegen Grippe impfen zu lassen.
»Aber das kann ich nicht. Ich werde Sie nicht belügen«, fuhr der Mann fort. Er räusperte sich und empfahl Wally, einen anderen Arzt aufzusuchen.

552.
Imogene rutschte vor dem Supermarkt auf dem Eis aus. Obwohl sie sich nicht verletzte und es noch nicht einmal weh tat, wurde ihr schwermütig ums Herz. Sie fragte sich, ob dies vielleicht ihr letzter Sturz ohne Knochenbruch gewesen war. Unterdessen verstauchte Flummi sich den Knöchel, als er jemand anderem den Knöchel brechen wollte, und LinLin gewann den Buchstabierwettbewerb mit dem Wort *Gelenkknorpelverletzung*.

553.
552 war das Osteo-Kapitelchen der Familie Gilfeather-Yez.

554.
Lief es für Wally und Imogene überhaupt gut in diesen Jahren? Gab es Zeiten des Glücks? Aber sicher doch, bloß: Wollen Sie so ein Buch lesen?

555.
Andererseits liegt Fernanda Kimballs *Wie Kiki einen Zahn verliert und eine beste Freundin gewinnt* auf Pattys Nachttisch.

556.
Wally versuchte es mit dem Zuckerbrot, Imogene mit der Peitsche, doch sie erreichten beide nichts. Flummi weigerte sich, aus seinem Zimmer zu kommen und die Gäste zu begrüßen. Nichts zu machen. In diesem Alter kam der Junge so gut wie gar nicht mehr nach unten, so schien es zumindest seinen Eltern, die

gar nicht ahnten, wie gut sie es getroffen hatten. LinLin dagegen eroberte Herz und Hirn der Gäste im Fluge. Sie spielte eine selbstkomponierte Tubasonate und plauderte angeregt über die Dichtung der Renaissance, deutsche Brettspiele, Pflanzendruck und wettkampfmäßiges Entenhüten.

557.
»Flummi muss für die Schule lernen«, entschuldigte Imogene ihn bei Gästen. »Es ist peinlich«, sagte sie zu Wally, während sie aufräumten.
»Ach, Im, nun lass ihn doch.« Wally schaute mit leerem Blick vor sich hin.
»Meinst du, er wird mal Verbrecher?«, fragte Imogene.
»Na, wenn dir nichts Schlimmeres einfällt.«

558.
Imogene erstarrte. Etwas Schlimmeres?

559.
Imogene widerstrebte es, Flummi das ganze Wochenende über allein zu Hause zu lassen, vor allem, nachdem er ihnen versprochen hatte, ununterbrochen an seinem Aufsatz über die ökonomische Zukunft Panamas zu sitzen und womöglich sogar noch einen Vergleich mit Uruguay anzustellen, solange seine Eltern ihn bloß noch einen Tag länger in Frieden ließen. »Vertraut ihr mir nicht?«, lauteten die Abschiedsworte, die er an Imogene und Wally richtete, bevor sie mit LinLin davonfuhren.
Eine Frage, die sich von selbst beantwortete.

560.
Imogene und Wally brachten LinLin nach Ohio, in ein Tuba- und Euphonium-Camp.

561.
Auf der Polizeiwache sagte Flummi: »Ich war's nicht.« Die Liste der Täter war lang. Er hatte sich erst bis zu Steve Stringfield hinuntergearbeitet, als er dem Erkennungsdienst zugeführt wurde.

WALLY YEZ, JR.: LINKER ZEIGEFINGER

562.
»Findest du nicht, dass wir ihn bestrafen sollten?«, fragte Imogene.

563.
»Wie willst du ein Kind bestrafen, das einen Anwalt hat?«, antwortete Wally.

564.

Welche Verbrechen hatte Flummi begangen beziehungsweise laut seinem Verteidiger nicht begangen? Er und seine Gang, angeheizt durch Schnaps und Fressalien aus der Speisekammer der Gilfeather-Yezens, hatten vor dem Bestattungsinstitut Leftie's die sieben Meter großen Umrisse einer Figur auf dem verschneiten Rasen hinterlassen. Da sie zu anstößig ist, um in diesem Buch abgebildet zu werden, bietet Patty als Ersatz Folgendes an:

565.

Die arme Imogene erkrankte an Nesselsucht. Ätiologisch war ihr Leiden auf eine Allergie gegen Kleidungsstücke aus der Zeit vor 1986 zurückzuführen, sogar gegen solche aus Madras. Adieu, Go-Go-Kleid aus den 60ern. Ade, Op-Art-Hotpants, Elastanjogginganzug und Omablümchenkleid. Ab mit euch in die Altkleidersammlung.

566.
Es war eine internationale Tragödie.

567.
Auf der Fahrt von der Wache nach Hause saß Imogene mit geschlossenen Augen im Wagen. Sie kamen an dem Haus mit den aberwitzigen Büschen vorbei und an der Kreuzung, wo jeder Vorfahrt hatte. Erst an der Stelle, wo Davey Weiner seinen Vater mit der Luftpistole am Ellenbogen verletzt hatte, machte sie die Augen wieder auf. »Wal«, sagte sie. »Flummi ist jetzt vorbestraft.«
»Das macht nichts, Im.« Wally legte seine nichtlenkende Hand tröstend auf die ihre. »Sind wir das nicht alle?« Er hatte keine Ahnung, was er da eigentlich von sich gab.
»Kennst du jemanden, der ein Vorstrafenregister frisieren kann?«, fragte Imogene.
Wally kannte tatsächlich so jemanden, bloß war dummerweise Sergeant Timothy, Elsies Bruder, gerade voll auf einem lästigen Bedenkenträgertrip.

568.
Weil sie nicht einschlafen konnte, zählte Imogene die Geschiedenen aus ihrem Bekanntenkreis. Bei Nummer 27 musste sie eine wieder abziehen, weil Harriet, genau genommen, auf ihren Mistkerl nur wütend war.
Als sie bei dreiundvierzig angekommen war, schlich Wally sich ins Schlafzimmer. Wieder mal hatte er bis spät in die Nacht hinein gearbeitet, zum x-ten Mal seit Gott weiß wann. Er kickte seine Schuhe weg, beugte sich über sie und küsste sie auf die Stirn. Imogene rührte sich nicht. Sie überlegte, ob sie ihn wohl jemals verlassen würde.

569.
In jenem Herbst stellten Wally und Imogene ihrem Sohn mindestens einmal am Tag demütig die Frage, ob er vielleicht seine Uni-Bewerbungen schon geschrieben hätte. Worauf Flummi jedes Mal sinngemäß antwortete: »Wenn die mich nicht wegen meinen inneren Werten wollen, fällt mir kein guter Grund ein, was ich in denen ihrem Scheißhaus von einer Uni überhaupt verloren habe.«
»Ein Auto«, sagte Imogene. »Wir kaufen dir ein Auto.«
»Wenn ich nicht auf die Uni gehe, brauche ich keins«, konstatierte Flummi, als wäre das die Lösung des Problems. »Ich fahre einfach mit eurem.«
»Ein Rennboot?«, schlug Imogene vor.
»Und wenn wir die Bewerbungen zusammen schreiben?«, sagte Wally. »Wir lassen uns vom Chinesen was zu essen kommen.«

570.
Eines Abends ließ Flummi sich aus freien Stücken dazu herab, den Bewerbungsbogen für die einzige Uni auszufüllen, die für ihn überhaupt in Frage kam. Die Essayaufgabe lautete: »Von kreativen Menschen ist oft die Aussage zu hören, dass die Bereitschaft, Risiken einzugehen, häufig mit wichtigen Entdeckungen im familiären oder auch im intellektuellen Umfeld belohnt wird. Welches ist in Ihren Augen das größte Risiko, das Sie jemals eingegangen sind?«
Flummis Essay bestand aus genau einem Wort:
»Arschlecken.«

571.
Der Tag musste kommen – und er kam –, da die untadelige LinLin ihrer Mutter doch noch Kummer bereitete. Als sie in den Weihnachtsferien heimkehrte, trug sie, obwohl noch ein Erstse-

mester, einen Diamantring am Finger. »Vielleicht wäre er in der Schachtel sicherer aufgehoben«, sagte Imogene, als LinLin ihren Eltern die Überraschung zeigte.
»Ach, Mom«, sagte LinLin.

572.
LinLins Verlobter, Igor Flatev, war als Zehnjähriger aus Russland eingewandert, um sich den Repressionen des Staates und seiner Eltern zu entziehen. Es hatte ihn nach Minnesota verschlagen, wo er die erste slawischstämmige Frau, der er begegnete, davon überzeugen konnte, ihr Cousin fünften Grades zu sein. Sie und ihr Mann nahmen den Einwanderer auf und behandelten Iggy wie ihren eigenen Sohn – mit einer Ausnahme: Er musste den Müll rausbringen.

573.
Iggy fügte sich in sein schweres Schicksal – von dem er Wally und Imogene gern und oft erzählte.

574.
LinLin schrieb ein Gedicht über Iggys Leid. Ungereimt – »aber nur im wörtlichen Sinne«, wie sie ergänzte.

575.
Müll drinnen, Müll draußen,
*wo ist denn nur mein …**

* Hier bricht das Gedicht ab. Während sie es verfasste, las LinLin *Die toten Seelen*, einen Roman, der mitten im Satz abbricht, weil der Autor, Nikolai Gogol, den Rest des Manuskripts verbrannte, anschließend wahnsinnig wurde und starb. Was LinLin tief beeindruckte.

576.
Imogene konnte an den erwartbaren Folgen von LinLins Entscheidung nichts Positives finden. »Sie ist noch nicht mal zwanzig«, sagte sie eines Abends beim Aufräumen in der Küche zu Wally.
»Nur weil du nicht heiraten willst, muss das für den Rest der Welt noch lange nicht gelten«, antwortete er. »Wo kommt das Salz hin?« Er blickte sich suchend um und stellte es schließlich auf gut Glück in den Schrank mit den Frühstücksflocken.
»Wieso kann sie sich nicht für etwas Vernünftiges begeistern?«, sagte Imogene, während sie das Besteck sortierte. »Wie zum Beispiel Kleptomanie.« Sie gab Wally die Steakmesser und zeigte ihm die Besteckschublade.

577.
»Oder Sadismus.«

578.
Die arme LinLin. Binnen kurzem ließ Igor Flatev sie wegen einer Benimmlehrerin sitzen.

578.2
Wie unmanierlich.

579.
Hatte Imogene nicht genügend Mitgefühl bekundet? Sie glaubte schon. Wally war anderer Meinung. »Wenn deine Tochter dich anruft, um dir zu sagen, dass ihr Verlobter Schluss gemacht hat, fällt dir nichts Besseres ein als: ›Er hat nach eingelegter Roter Bete gerochen‹?«

580.
Flummi hatte sich aufgemacht, die Welt zu sehen. Nicht zum ersten Mal.

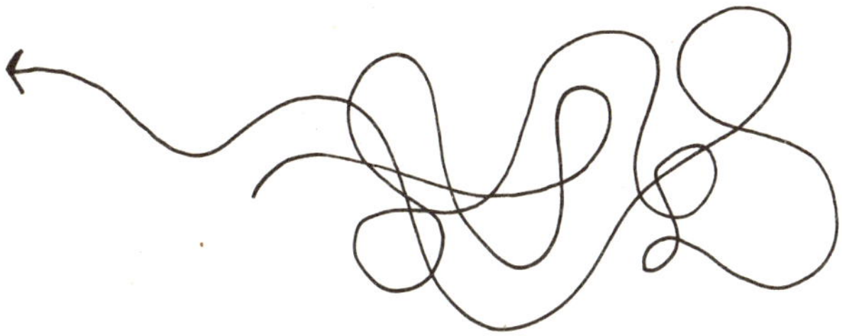

581.
Ausgerechnet auf den Jungferninseln begegnete er einer Jungfrau aus dem Fürstentum Andorra. Englisch beherrschte sie nur punktuell, aber das war bei Flummi auch nicht anders. Was die beiden verband, war die verbale Nonkommunikation. Der Name der jungen Frau lautete Uxue, was auf Englisch gar nichts bedeutet.
Uxue war wegen eines Fehlers ihrer Fluggesellschaft permanent auf den Jungferninseln gestrandet. Als sie von Andorra nach Portugal fliegen wollte, um dort ihr Studium in Edelsteinkunde aufzunehmen, hatte sie am Flughafen freiwillig auf ihren Platz in einer überbuchten Maschine verzichtet, weil man ihr als Entschädigung ein Ticket für einen späteren Flug und einen Gutschein für ein Erfrischungstuch versprach. Sie protestierte nicht, als sie erfuhr, dass der spätere Flug sie an einen Bestimmungsort bringen würde, mit dem sie nicht gerechnet hatte. Im Leben nicht.

582.
Uxue, eine schmollmundige Brünette mit einer Knochenstruktur, die unter höher entwickelten Primaten ihresgleichen sucht, und einem Grübchen an genau der richtigen Stelle, ist zweifelsohne die bestaussehende Figur in diesem Buch.

583.
Keine der vor- und nachstehend genannten Personen würde es wagen, etwas anderes zu behaupten. Außer eventuell Gwen Dworkin.

584.
Gwen hat Probleme.

585.
Nachdem Flummi seine X, wie er sie zärtlich nannte, kennengelernt hatte, »trieben« sie es schon bald Tag und Nacht.

586.
Was ein paar Jahre und eine Portion gesunder Menschenverstand doch ausmachen. Als Imogene diesmal von der Verlobung eines ihrer Kinder erfuhr, zeigte sie ihr wahres Gesicht und blätterte einfach weiter in ihrer Illustrierten. Was nicht heißen soll, dass sie ihre Meinung in Sachen Ehe geändert hätte, aber bei LinLin war es etwas anderes gewesen. Imogene hatte große Hoffnungen in ihre Tochter gesetzt, aber in Flummi …?

587.
Außerdem war LinLin jünger gewesen. Wie alle anderen auch, zugegebenermaßen.

588.
»Toll«, sagte Imogene, als Flummi von einem Strand in der Karibik anrief, um ihr die großartige Neuigkeit mitzuteilen, und vertiefte sich wieder in die »Mascara-Revolution«.
Wally, der über die Lautsprechfunktion mithörte, strahlte. »Was sagt man dazu?«
»Tja«, sagte Imogene. »Echt super.«
»Hm«, machte Flummi am Telefon. Und noch einmal: »Hm«.

589.
Am anderen Ende der Leitung polterte es.
»Hallo, Ahnen«, sagte Uxue. »Ich mögen viel, äh, bälder, wow!«
»Was das Catering angeht, hätte ich ein paar Ideen«, sagte Imogene. »Falls heutzutage überhaupt noch irgendwer isst.«
Nachdem alle Beteiligten aufgelegt hatten, sagte Wally: »Die Kleine hört sich wirklich klasse an.«
»Wal«, sagte Imogene. »Meinst du nicht, sie hörte sich schwanger an?«

590.

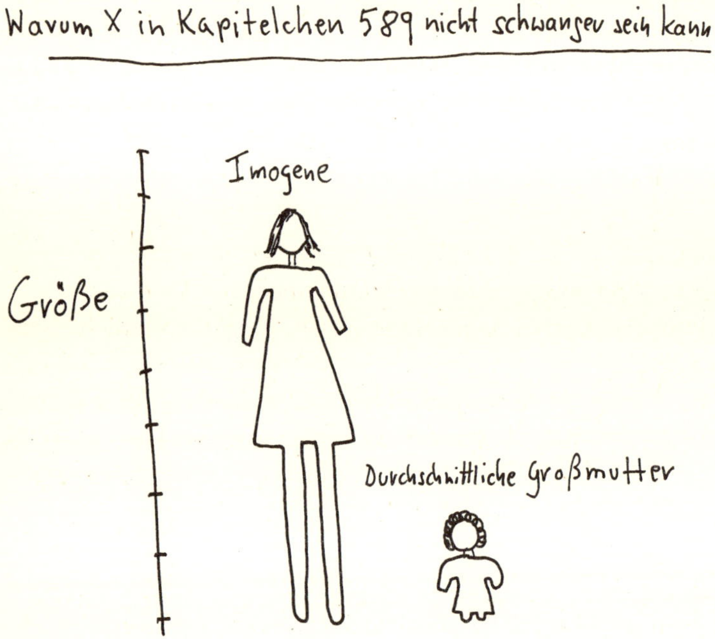

591.
Imogene und Wally holten das glückliche Paar von Terminal B ab. Flummi war am Gepäckband der einzige Passagier ohne Gepäck. Berichtigung: Flummi hatte eine Verlobte, die mit Bergen von Luxusgepäck anreiste. »Wo ist deine Zahnbürste?«, fragte Imogene ihren Sohn, nachdem sie ihn umarmt, seine Jacke glattgestrichen und seinen Bart gemustert hatte.
»Thailand?«, sagte Flummi.

592.
Das Verhältnis zum erwachsenen Kind kann für die Eltern ein heikles sein, nicht zuletzt deshalb, weil sie sich in seiner Gegen-

wart so alt vorkommen. Fortwährend müssen sie ihre Enttäuschung hinunterschlucken, sich das Nörgeln verkneifen und wissen oft nicht einmal mehr, was sie zu diesem Menschen überhaupt sagen sollen, der einst als ihr eigenes Fleisch und Blut frohgemut in die Welt hinauszog und als grässlicher, mehr oder weniger gleichaltriger Fremder wieder zurückkehrt.

593.
»So«, sagte Imogene, als sie Flummi und X im Wohnzimmer gegenübersaß. »Auf den Jungferninseln soll es ja köstliche Ananas geben.«
Wally schleppte einen Stapel ledergebundener Wälzer herein. »Und? Wer möchte Fotos vom besten Jungen aller Zeiten sehen?«, fragte Flummis Papa aufgekratzt.

594.
Aus und vorbei mit der Illusion, dass schon alles ein gutes Ende nehmen wird.

595.
Symbolisch gesprochen, wird um die Bedeutung des Wetters von jeher viel Wind gemacht – nicht nur von Dichtern, sondern auch von Zierkissendesignern und Hochzeitsrednern, für die, was die Zukunft angeht, die Witterungsverhältnisse ebenso wichtig sind wie Hexenbretter für die Vergangenheit. Dieser Tag machte da keine Ausnahme. »Lasst uns nun unser Glas erheben«, sagte Flummis Trauzeuge. »Auf das glückliche Paar, dessen gemeinsames Leben eine Mischung aus Sonne und Wolken sein wird, mit auflockernder Bewölkung am Nachmittag und einer Höchsttemperatur von 28 Grad.«

596.
Wie es Flummi und X erging, als sie die achtzig überschritten hatten, können wir nicht sagen. Das würde den Rahmen dieses Buches sprengen – das ohnehin schon aus allen Nähten platzt. Wir dürfen allerdings festhalten, dass jener Tag ein glücklicher war, trotz Anthrax und Geschwüren.

597.
Alle waren gekommen, alle außer Elsie, die später behauptete, keine Einladung bekommen zu haben. Und natürlich Ron de Jean.

598.
»Im«, sagte Wally, während die erleichterten Gastgeber nach dem Abgang der Gäste die Cashewkrümel vom Teppichboden klaubten, »wo die Kinder jetzt aus dem Haus und wir als Einzige übrig geblieben sind, willst du nicht doch endlich ja sagen?«

599.
»Das soll wohl ein Witz sein«, antwortete Imogene.

600.
Sie hätte wohl gezögert, aber Patty stellte sich (und Imogene) quer. Einfach so.

601.
Imogene heftete gerade Steuererklärungen ab, als die Haushälterin ihrer Mutter anrief. Erna Gilfeather sei im Schlaf gestor-

ben, an etwas Unappetitlichem. Zu unappetitlich, um es hier zu wiederholen.

602.
»Das soll wohl ein Witz sein«, sagte Imogene zur Haushälterin. Ist für diese Frau alles ein Witz?

603.
Jawohl. Worauf Sie Gift nehmen können! Und warum auch nicht?

604.
»Ihre Mutter war eine Kämpfernatur«, sagte die Haushälterin. Erna Gilfeathers letzte verständliche Worte hätten gelautet: »Nicht so schnell. Ich hab doch die neuen Sachen aus dem Kleiderschrank noch gar nicht getragen.«

605.
Die Haushälterin seufzte. »Ihre Mutter hat es geschafft«, sagte sie. »Jetzt braucht sie keine Angst mehr vor dem Sterben zu haben.«

606.
Imogene starrte auf die Einkommensteuerformulare, die vor ihr auf dem Schreibtisch lagen. Sie hatte fest damit gerechnet, dass ihre Mutter noch bis Kapitelchen 609 am Leben bleiben würde, mit ein bisschen Glück sogar bis 610 – falls man die Literatur als Leben bezeichnen kann.

607.
Weil Imogene nicht einschlafen konnte, zählte sie die Enkel aus ihrem Bekanntenkreis, die vom Kindergarten »ihrer« Wahl abgewiesen worden waren. Sie war überzeugt, sieben zusammenbekommen zu können, aber dann wurden zu ihrer Überraschung neunzehn daraus.

608.
Ob ihr wohl die Namen von zweiundfünfzig Schokoriegeln einfallen würden? Einen Versuch war es wert.

609.
Aber sie war nicht mit dem ganzen Herzen bei der Sache. Was gab es am Wachbleiben überhaupt auszusetzen?

610.
Imogene dachte an die letzte Begegnung mit ihrer Mutter vor einigen Monaten zurück. Sie hatten sich in den Arbor-Day-Schlussverkauf gestürzt, um neue Badematten zu kaufen. »Nichts für ungut, Immy«, hatte Mrs. Gilfeather gesagt, während ihnen die Verkäuferin ein Frotteeoval in Ecru heraussuchte (nicht in Creme!), »aber hattest du eigentlich schon immer unsymmetrische Augenbrauen?«
Imogene schmollte wie ein Backfisch. »Wer soll dir sonst die Wahrheit sagen, wenn nicht ich?«, fragte Mrs. Gilfeather.
Als ihr dieser Satz jetzt wieder durch den Kopf ging, dachte Imogene: »Gute Frage.«*

* Die Wahrheitsfrage, nicht die Augenbrauenfrage. Unsymmetrische Augenbrauen hat jeder.

611.
Imogene schlurfte in aller Herrgottsfrühe ins Bad. Sie drehte den Dimmer so dimm wie möglich und riskierte einen Blick in den Spiegel. »Du schon wieder«, sagte sie zu dem Oval mit Facettenschliff, das sie in Venedig ergattert hatte, als an Wally längst noch nicht zu denken war und sie nicht einmal Ron de Jean kannte. Mit wem war sie damals in Venedig gewesen? Sie konnte sich an keinen Namen erinnern, nicht einmal an ein Gesicht. Bloß an Telefonnummern, die vergaß sie nicht.
Als sie im Medizinschränkchen nach ihrer Pflegecreme suchte, ging die Tür auf und Wally schob sich herein. »Weißt du was?«, fragte er mit leuchtenden Augen.
»Ja«, sagte Imogene.
»Ich habe Lust auf eine Schaumtönung in Mocca.«
»Der Übergang in die Senilität wird ein fließender sein«, dachte Imogene.

612.
Während Imogene und Wally auf der Gartenparty zu Sepkowitzens fünfunddreißigstem Hochzeitstag vor einem Dickmännchenbeet Cocktails schlürften, stritten ganz in der Nähe eine Handvoll Männer darüber, wer von ihnen das kränkste Herz hatte.
»Eine Angioplastie?«, feixte ein Abfüllanlagenmagnat. »Da ist ja Zähneputzen blutiger. Ich hatte eine Angioplastie *mit* endoluminaler Gefäßprothese, und *dann* haben sie mir noch einen Dreifachbypass gelegt.«
»Vierfach«, trumpfte ein ehemaliger Rockstar auf, der zu seiner Zeit einen einzigen Hit gelandet hatte. Er klopfte sich kräftig auf die Brust. »Mir haben sie die Adern aus den Beinen gesäbelt und an meine Koronararterien angenäht.«
»Pah, ich habe schon mein zweites neues Herz«, sagte ein Pro-

fessor für Personalentwicklung. »Von Rechts wegen bin ich zu sieben Achteln tot.«
Eine Frau, die niemand kannte, blieb bei dem debattierenden Trio stehen. »Gentlemen«, sagte sie. »Ich hatte schon eine undichte Herzklappe, als Sie Ihr linkes Ei noch nicht vom rechten unterscheiden konnten. Epstein-Anomalie, angeboren.« Und damit rauschte sie auch schon wieder davon, mit den Stilettoabsätzen tief in das Dickmännchenbeet einsinkend.
Imogene nahm Wallys Arm. »Nichts wie weg hier«, sagte sie. »Unsere Herzen sind in Ordnung.«

613.
Wally schlief noch. Er träumte, dass er schlief.
Als er aufwachte – nicht im, sondern aus dem Traum – ,war er so müde, dass er beschloss, wieder einzuschlafen und da weiterzuträumen, wo er aufgehört hatte. Bloß vergaß er dabei leider eine Kleinigkeit, und zwar die Zeit. In den REM-Schlaf zurückfallend, träumte er, er hätte sich bereits rasiert und geduscht und äße unten in der Küche einen Muffin. Am selben Morgen griff der reale Wally, der seit siebenundzwanzig Jahren zum Frühstück einen Muffin aß, zu den Cornflakes. »Wieso nimmst du keinen Muffin?«, fragte Imogene.
»Weil ich's denen zeigen will«, sagte Wally.

614.
Was eine interessante ontologische Frage aufwirft.

615.
Was ist eine ontologische Frage?

616.
Das Gesamtalter sämtlicher namentlich genannten und ungenannten Figuren bis zu diesem Kapitelchen in Jahren: 3 769.

617.
Imogene saß in LinLins ehemaligem Kinderzimmer, das noch immer jugendlich knallrot gestrichen war, am Schreibtisch und sortierte die Post. Die perfekte LinLin arbeitete als Kinderhämatologin in Afrika. Wally streckte den Kopf durch die Tür. Er wollte wissen, ob sie seine Lesebrille gesehen hätte und wer die große Liebe ihres Lebens sei. »Wer ist deine?«, fragte sie zurück.

618.
Imogene sprach es zwar nicht aus, aber es ärgerte sie, dass sie mit keiner großen Liebe aufwarten konnte. »Sollen wir uns heute zum Abendessen was kommen lassen?«, fragte sie.
(An diesem Tag fiel das Wetter aus. Die Welt hatte Raumtemperatur.)

WALLACE YEZ, STABILITÄTSFORSCHER, TOT AUFGEFUNDEN

Der Neurobiologe Wally Yez, dessen Forschungen auf dem Gebiet der Schwindelgefühlsforschung zu bahnbrechenden Erkenntnissen über die Gleichgewichtstheorie geführt haben (auch wenn darüber in Fachkreisen noch gestritten wird), starb am Donnerstag vor seinem Kühlschrank eines natürlichen Todes. Er wurde zweiundneunzig Jahre alt.

Am bekanntesten wurde Yez wohl durch seine Experimente am Futter-Cohan-Institut, im Zuge deren er aus großer Höhe Heringe zu Boden fallen ließ. »Obwohl er mit dieser Studie ins Kreuzfeuer der Kritik geraten ist«, so sein Kollege Dr. Sammy Sokolow, »hat seine Arbeit letztendlich vielen Fischen genützt und die Entwicklung der Fun-Wall ermöglicht.« Bei den meisten Freizeitparkexperten gilt die Fun-Wall, die bis heute für drei Todesfälle verantwortlich gemacht wird, als das derzeit beliebteste Fahrgeschäft überhaupt.

»Mein Dad liebte das Leben, und das Leben liebte ihn auch. Sehr sogar«, sagt Wallace Gilfeather-Yez Jr. Yez hinterlässt nicht nur einen Sohn, sondern auch eine Tochter, LinLin Gilfeather-Yez, und zwei Enkelkinder. Seine Frau Imogene Gilfeather, eine ehemalige Undercover-Agentin, starb bereits im Februar an einer krankhaften Erkrankung.

RICHTIGSTELLUNG: Imogene Gilfeather war keine Undercover-Agentin, sondern Unterwäschedesignerin. 2002 übernahm ihre Firma Featherware die Down There GmbH. Der Konzern, der seitdem den Namen Featherdown Under führt, rangierte in der unterwäschetragenden Welt zur Zeit ihres Ablebens in der Stringtangaherstellung an siebenundzwanzigster Stelle.

HIER IST SCHLUSS

INDEX

SONDERBONUSEDITION FÜR LESER/INNEN, DIE SICH EINER AUGENLASERBEHANDLUNG UNTERZOGEN HABEN

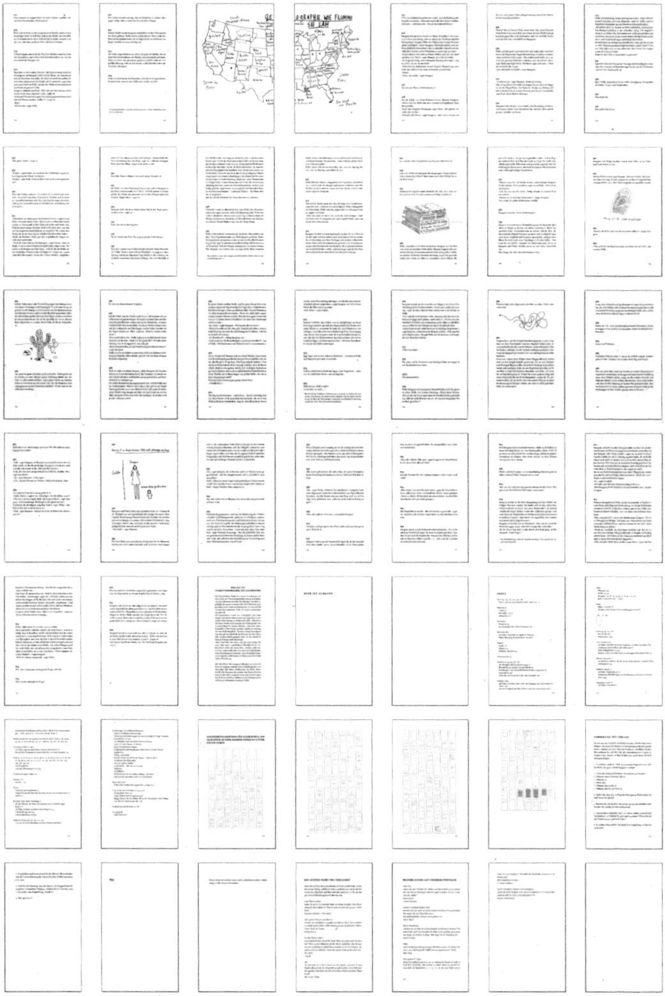

ANMERKUNG DES VERLAGS

Da wir uns der Aufgabe verschrieben haben, Bücher herauszubringen, die einen maximalen Zufriedenheitsquotienten garantieren, würden wir uns über ein Feedback von Ihnen freuen. Bitte nehmen Sie sich die Zeit, die untenstehenden Fragen zu beantworten, damit wir Ihre Bedürfnisse noch besser berücksichtigen können.

1. In welchem anderen Werk aus unserem Programm würden Sie Wally Yez gern wiederbegegnen wollen?

2. »Über die Seitenzahlen habe ich mich nie gewundert.«
( ) Stimme dieser Aussage voll zu
( ) Stimme zu
( ) Teils, teils
( ) Stimme eher nicht zu
( ) Stimme überhaupt nicht zu

3. Finden Sie, dass das vorliegende Buch genug Wahrheiten enthält? Seien Sie ehrlich.

4. Mochten Sie die Speisen, die unsere Autorin beschrieben hat? Werden Sie welche davon nachkochen?

5. Kamen Ihrer Meinung nach auf diesen Seiten ausreichend Semikolons vor? Hätten Sie gern mehr gesehen? Wären Ihnen die Punkte kursiv gedruckt lieber?

6. In welcher Hinsicht hat das Buch Ihre Einstellung zu Mohair verändert?

7. Vergleichen und kontrastieren Sie die Themen dieses Buches mit der Verabschiedung des Smoot-Hawley-Zolltarifgesetzes von 1930.

8. Sind Sie der Meinung, dass die Autorin ein Guggenheim-Stipendium verdient hat? Wenn ja, würden Sie ihr dann bis zum 1. Dezember eine Empfehlung schreiben?

9. Wie spät ist es?

Hm

Dieses Buch ist in freier (aber nicht antihellenistischer) Anlehnung an die *Aeneis* entstanden.

EIN LETZTES WORT DES VERLEGERS

Noch bevor Patty diese Geschichte zu Ende erzählt hatte, trafen bei uns im Verlag auffallend viele Leserbriefe und -mails ein. Im Geiste der Offenheit und Interaktivität möchten wir Sie an einigen dieser Mitteilungen teilhaben lassen:

Liebe Patricia Marx,
hatten Sie an der Grundschule Rydal im dritten Schuljahr Miss Sheanshang als Klassenlehrerin? Wenn ja, habe ich neben dir gesessen. Vielen Dank.
Lorinda (»Sharkie«) Duenwald

Sehr geehrte Damen und Herren,
ich habe ein schadhaftes Exemplar von Patricia Marx' Buch erhalten. Es enthält weiße Flecken. Bitte schicken Sie mir die fehlenden Wörter.
Vielen Dank im Voraus,
Henry Kerrey

An Ms. Patricia Marx,
unser Buchclub liest zurzeit Ihr Buch. Wieso ist es über weite Strecken leer? Eines unserer Mitglieder glaubt, das sei symbolisch, aber die meisten von uns finden es einfach nur grässlich. Es ist eine Schande. Sie sollten sich was schämen. Anderswo auf der Welt sterben die Leute.
Herzlichst
Amy H.

Hi!
Bis jetzt habe ich in Ihrem Buch drei Druckfehler gefunden! In dem Stephen-King-Buch, das ich gerade ausgelesen habe, waren bloß zwei. Ich sage Ihnen Bescheid, wie viele ich in Ihrem Buch noch finde. Okay?
Grüße
Ms. Lorrie Tobias

WEITERE FUNDE AUS UNSEREM POSTSACK

Liebe Pat,
wissen Sie was? Ich habe den Schluss von Ihrem Buch zuerst gelesen, aber das hat mir überhaupt nicht den Spaß verdorben. Ist das ein literarisches Mittel?
Eine Leserin,
Connie Kummer

Liebe(r) Autor(in)/Verfasser(in),
ich habe noch nie zuvor an eine(n) Autor(in)/Verfasser(in) geschrieben. Wie stehen Sie zur Erbschaftssteuer?
Um baldmöglichste Antwort wird gebeten von
Sarah Stuart

Werte Schreiberin,
schicken Sie mir bitte einen Gutschein für Featherware-Dessous? Ich habe Größe 75D (von Dezember bis März 75E) und hätte gern etwas aus Spitze, am liebsten in Beige. Bitte legen Sie die Rechnung bei.
Hazel Traister

Hallo,
meine Mutter hat mich gezwungen, Ihr Buch zu lesen. Sie hat aus Versehen zwei Stück gekauft. IMHO wird es unterbewertet. Danke.
Matt Stine

Sehr geehrte P. Marx,
hätten Sie vielleicht Interesse, am 31. Oktober bei Barnes & Noble in Coal Run, Kentucky, eine Lesung zu geben? Wenn ja, würden Sie dann bitte die Kapitelchen 3, 12, 13, 25, 28, die erste Hälfte von 91

sowie 211-242 weglassen? Ebenfalls alle Abschnitte, in denen es um Fleisch geht.

Mit freundlichen Grüßen

A. Aaron Radlauer

SEHR GEEHRTE DAMEN UND HERREN,

SIND SIE EINE HORDE VON ANALPHABETEN???? DAS WORT WIRD KAPITÄLCHEN GESCHRIEBEN!!!!!!

MARK O'DONNELL